ELSA Y UN VIAJE
A LO INESPERADO

ExLibric

GIMENA BLANCO MOLINA

ELSA Y UN VIAJE
A LO INESPERADO

EXLIBRIC

ANTEQUERA 2024

GIMENA BLANCO MOLINA

ELSA Y UN VIAJE
A LO INESPERADO

Al guardián del amanecer

1

Elsa

Los cuadros estaban del revés, una sensación de vacío invadía el espacio; el olor a incienso, humedad y la penumbra estremecían lo que ya se auguraba; buscaban la llave del pasadizo, había serias sospechas de que allí se encontrarían las respuestas. La virgen de los desamparados tenía velas encendidas y en un rincón a la derecha del claustro imponía su presencia. Aún solo en su forma de silueta, parecía contemplarnos.

La cripta se encontraba solo a unos pasos del claustro. El sacristán, un hombre asustadizo solo con el paso de una mosca, nos miraba con recelo. Él menos que nadie comprendía lo que estaba pasando.

Hacía meses de los misterios que nadie se atrevía a resolver, ni siquiera a pensar en ellos. Todo lo dejaban pasar… Hasta la cáscara de plátano encontrada a los pies del cristo Redentor, en cuya sala solo se entraba una vez al año para su limpieza, y aquel no había sido el día.

Contra más polvo y opacidad, más sensación de antiguo, decía el párroco, y el sacristán le recriminaba hablándole de «tú a tú»; contra más brille, más sensación de riqueza, sobre todo la espiritual. Algo que no brilla, no inspira las mejores plegarias, a lo que el párroco contestaba que las plegarias tenían que ser lúgubres y tristes, y envueltas en un halo de melancolía.

¡Bendito sea el cielo! Ya lo recuerdo; esa llave siempre se guardó en el cofre de las conchas.

La puerta se encontraba casi oculta, debajo de la escalera que llevaba al coro; era tan pequeña y estrecha que tendrían que pasar encorvados.

Cogieron los candelabros con las velas más gruesas; no hacía falta pensar mucho para darse cuenta de que dentro no habría un atisbo de luz. Instintivamente, todos los componentes de la parroquia sabían que esa puerta no se podía cruzar, pero nadie sabía el porqué.

Había que «desobedecer» la orden. Era el último lugar que quedaba de registrar, y en lo más recóndito del olfato de sabueso de Yel estaba más que claro que allí encontrarían el indicio de los misterios.

Costaron muchos empujones poder hacer que girase. Al dejarla ya abierta del todo, la arenisca caía como lluvia del techo; esperaron un poco y después pasaron de uno en uno. El pasadizo no daba para más.

El párroco contó que fue construido en tiempos del Rey Eugenio, casi un siglo atrás, para salvar la vida en caso de asedio. Y que el final del túnel estaba al otro lado del río, pero ya era sabido por todos que un año de crecidas por la parte media del camino el túnel se vino abajo y quedó sepultado.

Por la misma razón que esa vía de escape era un tesoro, también mandó construir esa habitación donde guardar sus enseres más preciados. Después de unos metros recorridos, allí estaba la puerta, casi invisible entre el polvo, telas de araña y el paso del tiempo…

También estaba candada, pero el párroco, con las llaves todavía en la mano de abrir la primera puerta, rápidamente se percató de que la llave más pequeña pertenecería a aquella cerradura y tendría que ser de ahí.

Alumbraron con los candelabros hacia el ojo de la cerradura, y exacto, enseguida giró; la puerta cedió al instante, esta no estaba atascada como la primera. «¡Gracias a Dios!», soltó el sacristán, llevándose la mano a la boca al instante. No era momento de agradecer nada aún.

El primero en entrar fue Yel, seguido del sacristán, el párroco y Javián, ayudante de Yel; que era sabido por todos que Javián no valdría para el oficio; era demasiado sensible.

Lo que en su día pareció ser una sala lujosa, ahora era un estercolero con olor a rata muerta. Levantando el candelabro, Yel lo acercó a la pared y allí, acurrucado en el suelo, había un cadáver envuelto en ropas de mujer. Javián lloró, a la vista estaba que ese lugar fue la cárcel y la tumba de aquel esqueleto. Nadie daba crédito, y menos aún cuando a su lado había restos de comida reciente. ¿Cómo era posible? Hacía demasiado tiempo que esas puertas no se abrían.

Yel volvió a levantar el candelabro y recorrió con él, en círculo, el habitáculo; cuando entre penumbras logró ver un armario muy antiguo, que parecía comido por las ratas. Aun así, se mantenía en pie.

Fue el primero en acercarse, sacó su pañuelo del bolsillo y asió el pomo. Para su sorpresa y la de sus ojos, había tres estanterías llenas de libros.

Y en un rincón, en la parte de abajo, a la derecha, un pequeño quinqué que parecía caliente aún.

No debían tocar nada, por recomendación de Yel. Para un buen estudio del acontecimiento y un examen exhaustivo de lo que, a momentos, nada encajaba en la mente abierta del detective.

Oyeron ruidos extraños que parecían acercarse, todos se exaltaron y, al mirar a la puerta, vieron dos ratas husmeando. Volvieron en sí y el párroco las ahuyentó con ayuda del fuego de su candelabro.

Levantando la cabeza, al asegurarse que las ratas se habían marchado, sus primeras palabras después del suceso estremecedor fueron: «Hay que avisar de inmediato al señor obispo».

Yel siguió observando; entre tanta oscuridad y tedio también pudo percatarse del gran montículo de tierra que había en una esquina del cuarto. Y, al lado de este, un lecho mugriento.

★★★

El obispo hacía años que no era el mismo. Desde aquella mañana camino a los maitines y con el sol recién estrenado, cuando descubrió que tenía dos sombras: la suya y la silueta de una mujer que le seguía a la par.

Ya no volvió a tener paz ni sosiego. Quisieron destituirle cuando ya, no solo en casa, sino también en la catedral, le perseguían las desdichas.

A punto estuvo de enloquecer ante todos los feligreses, cuando, tomando el cáliz en la misa del domingo, se empezaron a oír murmullos cada vez más fuertes; y a la gente señalando a la virgen del altar, a la cual le empezaba a crecer como cabello que salía por debajo de su túnica. Cuando el pelo llegó a la altura del pecho, dejó de crecer. La gente salió despavorida del recinto. ¿Qué era aquello? ¿Un milagro? ¡O un castigo divino.!

No lo hablaba con nadie, y solo él llevaba su cruz, como Cristo llevó la suya.

Por las noches, cuando dormía, notaba su presencia, y hasta un hueco había en el colchón, como si hubiera alguien ahí sentado velando sus sueños.

Si se sentaba a comer, de algún extraño modo su sopa siempre se vertía en la sotana.

Si quería encender una vela en la oscuridad, esta siempre se apagaba. Si iba en procesión, sus vestimentas acababan a la altura de su cintura, enseñando las enaguas ante las risitas de los más atrevidos, y que lo achacaban a juguetonas corrientes de aire.

Pero eso solo eran minucias en la vida del señor obispo; desde aquel fatídico día en que pensó que Dios le había maldecido, cuando amaneció perseguido por dos sombras.

Sabía de sus malas acciones, de tantas y tantas desgracias y martirios que le había causado a sus víctimas desobedientes y, a veces, hasta solo por capricho. Pero jamás pudo imaginar que pagaría por ello, creyéndose protegido por un Dios que se volvería contra él.

★★★

Yel dio el día por terminado; aun ansioso por resolver todos los contratiempos, ahora había que ir despacio.

Ya en casa lo esperaba su esposa, con un pequeño aseo y unas apetecibles viandas; pero ni una cosa, ni otra. Yel sacó su cuaderno de notas y pasó horas escribiendo; su cabeza daba vueltas y vueltas y no dejaba de pensar en lo que había presenciado aquella mañana. De todos los casos asignados en su afamada carrera, este le sobrecogía sobremanera.

No dejaba pasar un solo detalle de todos los hechos que, con esmerado ímpetu, el párroco y el sacristán le iban detallando.

Como el día en que llegaron los monjes para entonar los cantos gregorianos, en una boda de un acaudalado mercader; y el *Liber Usualis Misar Et Officii,* o lo que es lo mismo, las libretas de canto, estaban colocadas cada una individualmente, cuando nadie había entrado todavía en el coro, y, preguntándose entre ellos, se dieron cuenta de que nadie las había colocado esa tarde.

Y así, un sinfín de rarezas…

La mujer de Yel no era todo lo inteligente que a él le hubiera gustado, pero charlaba por los codos, y al final del día, de todo lo dicho Yel sacaba alguna conclusión interesante.

Ella había trabajado desde niña en diferentes palacetes de nobles acaudalados; y sabida se creía de todos los chismes más íntimos de condesas y marquesas; hasta aquel pequeño detalle que un día contó a Yel, y pasó desapercibido.

Luego, en su momento, sería de gran ayuda.

★★★

Esa tarde, Caracuervo se acababa de marchar; ni siquiera a ella le había contado su pesar, por vergüenza o dignidad divina, pero nada le había contado, y ella nada sospecho. Hasta que no llegó su último día, en esta casa del Señor, llamada tierra.

Se cuidaban bien de no hablar de sus maldades en ningún sitio que no fueran los sótanos de la ermita, al lado de la casa del obispo. Aquel día, al marchar Caracuervo, creyó sentir paz; cuando la maldad era compartida, parecía menor, pero no fue así.

Se sentó plácidamente a leer unos salmos y algunos evangelios que influyeran a bien en su atormentado espíritu, y al abrirlos por las páginas centrales, empezaron a brotar lágrimas de sangre. De un respingo lo cerró, y al volverlo a abrir con unas manos temblorosas y alejadas de su cuerpo, ya todo estaba en orden.

★★★

Yel y Javián llegaron pronto, habría que empezar a recopilar pruebas y sacar a aquel esqueleto de allí para su posterior estudio.

El esqueleto se encontraba en posición fetal y tal cual lo querían trasladar a las dependencias policiales, para someterlo a una autopsia.

Llegaban provistos del material necesario para investigar la habitación, sobre todo con más luz. Y así fue, Yel se las arregló para que allí pareciera de día.

No era poco todo lo que ya habían descubierto en tan pequeño espacio; aunque aún quedaban más vestigios por descubrir. Lo primero que llamó la atención de Yel fue una pequeña cavidad arqueada por la que había que pasar a gatas, casi a rastras; y otra vez el problema de la luz.

El suelo era de baldosas de piedra bien definidas y por las que no parecía que hubiera pasado el tiempo.

Yel se arrodilló y se dispuso a avanzar a lo que parecía otra sala oculta; se arrastró como una serpiente, y de tres empujones ya estaba en el otro lado. Como buenamente pudo, Javián le pasó el candil más grande y después cruzó él.

Era una habitación más estrecha que la de al lado; aun así, disponía de un pozo de piedra con una polea y un cubo. Descubrieron también una chimenea, más bien un agujero perfectamente cuadrado en una pared, con una estrecha salida; hacia el exterior, probablemente.

También descubrieron un baúl que ocupaba gran parte de la estancia. No dudaron ni un segundo en abrirlo. En el más estricto orden se encontraba una capa de color burdeos, bordada con hilo de oro, aunque ya ajada; se veía que debió pertenecer a alguien pudiente; dos palanganas de metal, un peine de plata y *unes forcettes,* como se llamaban en la Francia más *chic*; aquí las llamábamos tijeras, de plata también, y dos colchas de hilo que debieron ser blancas.

Yel se asomó al pozo, y tirando el cubo hacia el fondo, resonó en todo el cuarto un chasquido de agua; esa persona, mujer a todas luces, debió pasar mucho tiempo allí sola.

Al lado de las colchas, en el baúl, también sorprendió ver una pastilla de jabón, usada recientemente; y aceite para el quinqué, en una botellita con tapón.

Volvieron a salir de allí. Los ropajes podían haber estado allí años, pero el aceite y el jabón se veía que no.

Yel llevó consigo la capa bordada, dejando cerrado el baúl, como estaba.

Al extender la capa sobre el camastro, lo vio: en una esquina por la parte de abajo y hacia arriba estaban bordadas unas letras también: «*Crepusculum ad Sepulcrum*». ¿Dónde había oído él eso?

Pero lo más importante no lo vieron…

★★★

Ese día llovía, llovía a cántaros, cántaros que sonaban y repiqueteaban por los tejados de la ciudad, como la deshonra repiqueteaba en la cabeza de Caracuervo; no lo permitiría, sobre su cadáver.

«¡Hay que reunirse!». Ni «hola» dijo. Entró como alma que lleva al diablo en casa del obispo y, bajo un inmenso trueno que no parecía terminar nunca, dio un golpe con la palma de la mano en la mesa, que asustó hasta al propio obispo, y a reglón seguido dijo: «No lo puedo permitir, es tu momento y el mío».

Y así fue; bajaron a la ermita y, en un abrir y cerrar de ojos, con sonidos de tormenta de fondo, planearon su destrucción. De él y de todo lo él más quería, en eso puso un auténtico énfasis doña Caracuervo.

El noble Eulalio caería en desgracia por osar hablar con descaro y altanería contra un obispo de falso espíritu.

Solo ellos dos sabrían el porqué; y para ellos dos se repartirían el pastel, el jugoso pastel. Nada de más agrado para un demonio disfrazado de ángel al que la baba le caía de la boca de solo pensarlo.

Y juró por Dios después del relámpago que a ella lo suyo no se lo quitaba nadie. Bajo ningún concepto.

Desde que a ese hombre le nombraron obispo, la ciudad vivía en un tremendo desasosiego; hasta las palomas que rondaban por la cúpula de su casa desaparecieron de la noche a la mañana y solo alzaban el vuelo por allí en bandada, imponiendo temor, pajarracos de mal agüero.

Y la ciudad no volvió a respirar, y sus habitantes, desconcertados, rezaban al cielo que, aunque azul, para ellos se volvió negro.

★★★

Yel y Javián no se quisieron perder el informe que citaría el médico forense; y, a la hora exacta que él les dijo, se presentaron allí. Lo primero que les contó es que el esqueleto no tenía ni manos, ni pies. Javián se tocó el estómago e hizo una mueca de profundo desagrado.

Por la forma de la cadera, certificaron que era una mujer, joven, además, y que había sido torturada, por la cantidad de huesos astillados que pudo observar con su gran «lupa». El médico forense siempre decía: «Bendito seas, Roger Bacon, sin tu artilugio nada sería posible». Este fue un franciscano, inventor de las lentes.

★★★

Se presentó sin avisar en la casa del pastor; su mujer, haciendo todo tipo de aspavientos, le hizo un lugar en la mesa. Y comió con ellos. La pobre mujer, descompuesta, ya presagiaba el desenlace de esa visita descortés e inesperada.

El obispo quería más, ya se encontraban al borde de la ruina, pero el zampón avaro les dejaría sin la producción de esa primavera.

Frotándose las manos, se levantó y con viento fresco se fue; eso creyeron, porque después del desahogo del pastor y su señora, con todo tipo de improperios hacia el señor obispo, este asomó por la puerta de nuevo. Palideciendo el matrimonio, el zampón les sonrió de medio lado y su cara se tiñó de ira al momento. Se dio media vuelta y esta vez sí que se marchó.

A los tres días de aquella visita, los niños gemelos del pastor habían desaparecido.

★★★

Estaba más que fácil el plan, ya lo habían intentado muchas veces y siempre les había salido bien; hasta con el que ahora fuera su propio marido.

Deslealtad al soberano, injurias sobre sus compatriotas, falta de ofrendas a la madre Iglesia Católica…

Pero el primer plan fue fallido. Don Eulalio era un hombre intachable y salió victorioso de todas esas acusaciones.

Y eso enfureció aún más a sus enemigos. Después de todo el trabajo, él volvía a gozar de la confianza de los suyos y del soberano.

Tendrían que esmerarse más y buscar el talón de Aquiles del noble.

Doña Caracuervo era todo lo que su cara reflejaba, hastío de verse tan fea y maldad por doquier y sin escrúpulos.

Su padre le había enseñado bien, cuando iba viendo según crecía que, a ella, ser hacendosa y buena cristiana, de poco le serviría; no la querrían ni para pasar el cepillo en la misa dominical, que se estilaba que lo hicieran las niñas de bien. Y menos aún para salir en procesión. Allí donde la ponían todo lo afeaba. Imagínate para encontrar marido….

Pero ella y sus malas artes, bien aprendidas, podrían con todo; cualquier cosa, antes de verse solterona o en un convento. Ella eso no.

★★★

Yel hizo guardar las ropas roídas del esqueleto y dar sepultura a aquellos huesos sin nombre. En su fuero interno sabía que, tarde o temprano, podrían poner un epitafio a aquella desdichada persona con un final de auténtico despropósito.

Su instinto le llevó de nuevo a la Iglesia Catedral; sabía que allí quedaba mucho por hacer todavía. Buscó al sacristán para que le abriera las puertas de la habitación del túnel; según entró, echó de menos el esqueleto, quedando la mirada fija por unos minutos al lugar donde se había encontrado. Se volvió a arrastrar hacia el cuarto contiguo, y revisó todo nuevamente con la mirada.

Tenía una extraña sensación; parecía que alguien hubiese estado allí.

Pero cuando le preguntó al sacristán, este bien le dijo que no. Que ni él mismo, custodio ahora de las llaves, había entrado en los cuartos; «como bien había ordenado la persona de usted».

Yel estaba solo, y mandó cerrar las puertas; pensativo, decidió dar una vuelta por el claustro. Entró en la iglesia y miró hacia el altar mayor. Hacía unos días que el párroco le contó que desaparecían también las hostias consagradas.

Yel pensaba mucho en el esqueleto; y hasta imaginaba cómo sería la cara de aquella mujer. Pero él no se podía permitir sentimentalismos; solo su deber, que era encontrar al asesino o al causante de semejante aberración.

Se paró, aún pensativo, en la celda del cristo Redentor, y pese a la penumbra, visualizó, sin ningún tipo de duda, un pie humano, de cuyo dueño se encontraría como a gatas justo detrás de la cruz; pero fue un visto y no visto; cuando quiso concentrar su mirada profunda hacia el lugar, el pie ya no estaba.

★★★

Sin avisar, se presentó en casa del obispo; se pondría malhumorado, pero la noticia merecía de inmediata información. Sería peor la regañina de no haber ido de inmediato que la del momento.

Le abrió la puerta el mayordomo del obispo, un hombre de aspecto tétrico, pero con un matiz de ternura en su sonrisa.

La que le llevaría a hacer lo que hizo: salvar una vida, o dos.

Pero dentro de las normas de la congregación: «Lapidación, Crucifixión, Muerte lenta».

El obispo llegó a la media hora de espera. Solo su presencia alteraba y trastocaba la paz de cualquier alma tranquila y pura. Y así fue como le pasó al párroco. Solo con verle, le empezó a temblar el labio inferior, costándole articular la primera palabra, luego arrancó, y ya soltó todo de carrerilla.

«¿Un esqueleto? ¿En el pasadizo? ¿Pero cómo? ¡Qué tiene eso que ver con los misterios que ocurren en la Iglesia Catedral! ¿Eso es lo que han descubierto? ¿Un esqueleto? ¡Incompetentes! Tendré que hablar personalmente con ese detective de pacotilla».

Claro, que Yel guardaba bajo secreto de sumario todo lo acontecido bajo su punto de vista; hasta la capa bordada, color burdeos, había llevado a guardar, junto con las ropas del esqueleto, la coleta que habían recogido de detrás del manto de la Virgen y, de momento, lo demás lo dejó tal cual, en las habitaciones.

El párroco se marchó de allí todo lo rápido que pudo; su espíritu se revolvía en aquel lugar y quiso poner lo antes posible su alma y su cuerpo en reposo espiritual. Ese hombre le agitaba los pensamientos hasta al mismo papa de Roma, si estuviera en su presencia, pensaba.

El obispo quedó dubitativo; aunque un esqueleto en un pasadizo cerrado a cal y canto a él ningún mal podía causarle, este quedó inquieto.

El mayordomo le tenía preparado su baño quincenal; cuando subió a sus aposentos, le ordenó que se retirara: «Hoy tomaré el baño yo solo», le dijo. Luego se arrepintió; aunque ya acostumbrado a ciertos sobresaltos desde hacía unos años, esta vez el mal rato duró unos días.

Al meter la pierna en la bañera, vio el reflejo en el agua de una silueta de mujer; agitó el agua con fuerza, miedo y rabia, y al estar esta en reposo otra vez, la silueta ya no estaba.

Javián llegó con entusiasmo ese día al trabajo, las lecciones de Yel empezaban a dar sus frutos, y hasta el propio Yel, celó de que se le hubiera escapado a él ese detalle: «La chimenea del cuarto contiguo debía de tener una salida», dijo.

★★★

Tenía que ser rápido, no había tiempo que perder, un «jaque mate» sin contemplaciones.

Le culparían a él de todos los sacrificios atroces que ellos hicieron. Había que despojarlo de toda su fortuna. Y aprovechar la oportunidad de llevarse a Elsa. En el convento ya la esperaban, todo bajo un secretismo despiadado; aunque la madre superiora también fuese engañada, aceptando la proposición del obispo, teniendo unos días en guarda y custodia a la chica.

Había amanecido ya, las campanas sonaban a las claras del alba.

En casa del noble Eulalio ya todo estaba dispuesto en las cocinas para servir el desayuno.

Padre e hija tenían pensado salir a cabalgar esa mañana; ni sospechaban que sería la última vez que sus ojos cruzasen sus miradas.

Elsa sabía que se alejaría de él un tiempo, pero no de esa manera, no era ese el plan.

También tendría que decirle a su señor padre que esa mañana no podría montar a caballo, que mejor un paseo tranquilo en barca; quería disfrutar de su compañía antes de partir.

La cocinera del oble Eulalio era una mujer de las de la época; le gustaba su trabajo, que ejercía con mano dura, pero era ignorante para lo demás. A través de ella, se pudieron «colar» todas las pruebas de las acusaciones, que harían caer a su patrón en la más absoluta de las injusticias.

La propia cocinera, el día del ahorcamiento, no pudo salir de la casa; bien sabía ella que fue la traidora número uno de aquel entramado, pero a doña Caracuervo no se le podía decir que no.

En sus propias carnes pagó su ruina siendo aún muy joven, y sirviendo en su propia casa, el mismo día de la boda de la señora con aquel pobre infeliz.

Las codornices servidas en el banquete daban sabor a quemadas.

Al día siguiente, la responsable fue llamada de inmediato, y fue desnudada y azotada hasta caer medio muerta en aquella cocina fría y todavía sin hacendar, después de los convites. Allí no la quería más y así, con la piel hecha jirones, la tiraron en una cuneta.

Y así la encontró el bueno de Eulalio, la llevó a su casa y la curó.

Bien sabe Dios que, por ella, jamás hubiera deseado ningún mal a aquellos que un día le devolvieron a la vida. Pero el miedo a desobedecer a la que un día fue su torturadora era mayúsculo.

★★★

Contaba con quince años, y se llamaba Elsa; terriblemente hermosa, no pasaba desapercibida a los ojos de nadie.

Era la niña de los ojos de papá, de buena posición social, la mejor educación, con cara de ángel y melena de diosa griega, dulce y cariñosa, tan frágil como una mariposa.

Nunca un padre pudo amar tanto a una hija, y nunca un padre podía imaginar un destino tan macabro para su adorada niña mimada.

Vestía con las mejores sedas y gasas, sus aposentos eran las mejores estancias del castillo, ella sería dueña y señora de todo lo que desde su balcón señorial podía divisar.

Si había algo en el mundo que ella podía desear, ella lo tenía.

La voz más tierna, que en fiestas recitaba los poemas más embaucadores y así llegaba a los oídos de los espectadores.

Ni uno solo de ellos, en su interior más despiadado, hubiesen querido un destino así para la pobre niña que clavó su cruz desde aquel primer instante en que lo vio.

No lo debió amar, ni él a ella; pero aquel encuentro fortuito los hechizó. Y no tardó ni tres lunas en desvirgar a la chica, y otras tres en saberse ella encinta.

Su mujer, Caracuervo, lo espiaba y enseguida supo del asunto y de la huida.

★★★

El rey Eugenio estaba aburrido, de comer, de beber siempre lo mismo, de fornicar con jovenzuelas y jovenzuelos, de fiestas insulsas, de viajes… No había guerras que vencer.

Una noche, cuando dormía, despertó sobresaltado, y cubriendo media cara con las manos sujetando las sábanas, por debajo sonrió. Por fin encontraría entretenimiento. Solo a él se le podía ocurrir terrible desenlace a su desidia. Esa mañana se levantó feliz, sabía muy bien con quién podía contar, y quiénes le acompañarían en el banquete.

Mente diabólica sin precedentes; mandó llamar al escriba y, después de un desayuno copioso, dictó: «Tú has sido elegido, en el nombre de Dios y tu Soberano, a la ofrenda sagrada que solo unos pocos tendrán el privilegio de presenciar».

Con mi más sentido respeto, le enviaré otra misiva, con la cita:

Gloria al REY
Eugenio de Terrás y Marum

Bien sabía él a quién había de enviarlas, y quién gozaría como él de tremendo espectáculo.

No se le podía escapar un detalle, todo tenía que salir a la perfección, tal y como lo había imaginado.

Y así fue. El día de la cita había luna nueva, todos llevaban sus capas color burdeos y bordadas en oro; en una esquina por la parte de abajo y escritas hacia arriba podían leerse unas letras que predicaban así: «*Crepusculum ad Sepulcrum*». Adornando las capas y siendo así admiradas por todos sus dueños.

El día antes, en la ciudad, al caer el sol, nadie fue capaz de encontrar a la niña de dos años del herrador…

★★★

La mujer de Yel lo esperaba como siempre; ella, desde que se casaron, ya nunca volvió a trabajar a tiempo completo. Sí que hacía las veces de lavandera donde se requerían sus servicios: «Por conseguir unas monedas», decía. Unas monedas que atesoraba con entusiasmo, para la llegada del retoño que no llegaba nunca, pero que ella nunca cejaba en el empeño. «Llegará», se decía.

Yel y Javián lo dejaron por imposible; aunque volverían a intentarlo y nuevamente fracasarían. En una búsqueda, invisible para sus ojos.

Habían quedado en la plaza de la catedral; el día antes, en la oficina, hicieron numerosos cálculos, y finalmente dieron con uno infalible.

Eso creyeron, porque, después de horas y horas de búsqueda, la salida de la chimenea no aparecía por ningún lado.

Decidieron hablar con el párroco y, ni él ni nadie encargado de la Iglesia Catedral tenían la más mínima idea de adónde podía salir o estar el «sombrero» de la chimenea.

Yel aprovechó para preguntarle también si había acontecido algún desorden nuevo, digno de mención; la respuesta del párroco esta vez fue negativa.

Dándose ya media vuelta para marchar a sus oraciones de la tarde, que eran las que a él más le gustaban por las alabanzas al Señor y las gracias a sus bendiciones, recordó lo de sor Dositea. Que, enviada por la madre superiora, le agasajaba a su persona con una cajita de dulces, y otros en peor estado, que no se podían vender, para repartirlos entre los niños más necesitados. Le contaba a Yel que, dejándolos en la mesa de la eucaristía, mientras iban en busca de unos tapetes del altar para remendar, los dulces «volaron»…

Claro, que no le dieron mucha importancia, porque era día de catequesis y los pilluelos andaban sueltos por el lugar.

★★★

El «pobre infeliz» no siempre fue pobre, ni mucho menos infeliz. Sino todo lo contrario.

Maldito el día que se la cruzó.

Las hojas caían de los árboles, el otoño estaba cerca; tanto como el invierno, que se quedó para no irse en su corazón. Lo volvería ceniza negra, rescoldos de lo que en su juventud fue dicha, que ya no volvió a recordar. Doña Caracuervo ya tenía veinte años, era astuta y tenaz y mala. Con dieciocho años, su padre ya la «bautizó» y la hizo miembro del «Estatus prestigio», a los que muy pocos podían acceder y de los que muy pocos gozaban del mal por doquier. Pero eso no bastaba para la satisfacción de la chavala.

Ella quería un marido, y así fue…

El «pobre infeliz» pasó por su lado; era fiesta en la ciudad, tenderetes de todo tipo estaban regados por toda la plaza, y ella le vio…

En tres días ya sabía quién era, de donde provenía y si era digno de la noble casa de su padre.

Entre los dos, padre e hija, buscaron su temprana ruina, y al «pobre infeliz» no le quedó más remedio que casar con lo que más aborrecía.

Jamás pudo imaginar que su vida dejaría de ser eso, vida. Pero ese no era su destino. El destino del «pobre infeliz» era bien distinto.

★★★

No había día que Yel no visitara la Iglesia Catedral, tenía que encontrar el hilo conductor de aquellos misterios y no daba con él. ¿Cómo era posible?

¿Qué pasaba allí? Volvió a la oficina y sacó la caja donde guardaba los hallazgos de la habitación; los revisó, y al volverlos a guardar, dejó olvidada encima de su mesa la bolsita transparente donde estaba guardada la «coleta», que estaba abrochada con un pasador con forma de sol, una joya dorada con un rubí incrustado; digno de una diosa. Javián le había interrumpido, debían salir de inmediato.

Hacía meses que no ocurrían tantos hechos incesantes, pero ese día ocurrió de nuevo. A una niña de la vecindad, que jugaba en la puerta de la casa con sus hermanos, no había manera de localizarla. A la noche siguiente se esperaba luna nueva…

Yel no recordó que su esposa pasaría a buscarle ese día, y ella entró en su «despacho», le llamó, pero no estaba. Al mirar encima de la mesa, vio la bolsita con la coleta y el pasador, que enseguida reconoció.

★★★

Aporreaban la puerta, la guardia montada hacía su presencia en la casa del noble Eulalio, en mitad de la noche: «Abrid, abrid de inmediato en nombre del Rey». Todos en la casa dormían, menos la niña Elsa, que, con entusiasmo, preparaba sus bolsas para partir al alba.

El desastre de aquella noche decrépita era inminente.

Lo menos esperado era que el obispo iba de abanderado de la comitiva, y, a voz en grito, ordenaba: «Traedlo, traedlo de inmediato a mi presencia, arderá en el infierno».

El noble Eulalio, no tuvo escapatoria esta vez, su vida estaba sentenciada.

Cuando, en presencia del obispo, preguntó: «¿Qué es lo que ocurre, ue modos son esos, de entrar a esas horas en su santa casa?».

Un guardia a la orden del obispo le propinó una fuerte patada en sus canillas y este cayó al suelo; lo esposaron y el obispo volvió a dar otra orden: «Bajad al sótano, ¡allí estarán las pruebas!». Y, exacto: pequeñas cajas acomodadas en estanterías, con esqueletos infantes, descansaban en la bodega, y para más asombro de los guardias, encima de la mesa había en una caja un cuerpecillo de bebé, al que parecían haberle arrancado el corazón.

El obispo le gritó: «¡Asesino!». Pero el noble Eulalio no se enteró; el golpe que le profesaron en la cabeza le produjo tal desmayo que le duró hasta el amanecer, cuando ya tenía la soga al cuello.

La niña Elsa poco pudo hacer cuando entraron los guardias; uno de ellos la buscó expresamente, le puso una bolsa en la cabeza y la sacó de la casa montándola en un carromato que la llevaría directamente al convento.

Ya habría tiempo de ocuparse de ella después.

★★★

Yel estudió siempre caso por caso, pero nunca había dado con el inicio de la más mínima prueba; de hecho, las desapariciones de los niños ocurrían desde tiempos del rey Eugenio. Hasta hubo épocas en que lo achacaban todo a fenómenos endemoniados.

Pero un detective del calibre de Yel no podía asumir semejante estupidez.

Y gracias a su testarudez, con el tiempo, todo saldría a la luz.

Era perspicaz, y desde que viera ese esqueleto en la Iglesia Catedral su instinto se agudizó aún más.

Por alguna extraña razón, este caso le tocaba de fondo; los misterios eran demasiado evidentes, quería esmerarse al máximo y no perder un solo detalle de lo que en la ciudad ocurría en cada momento, sin dejar de apuntarlo todo en su libreta de notas.

Esa noche llegaba realmente abatido al hogar, donde su esposa le esperaba.

Ella le miraba primero a la cara y según le veía, tomaba la determinación de un saludo u otro. Ese día era mejor no abrir la boca hasta que no pasara un buen rato.

Después de cenar, ella le recordó que había pasado por la oficina a buscarle, como habían acordado por la mañana; Yel ahí reaccionó y se disculpó, aprovechando ella enseguida el momento, entró en conversación; deseaba preguntarle cuanto antes por qué tenían el pelo de la niña Elsa y su broche en una bolsa encima de su mesa de trabajo…

★★★

Eran vísperas de Pascua. El obispo se hacía mayor, se notaba abatido y sus desdichas no cesaban. Recordaba la noche del derrocamiento del noble Eulalio, unos cinco años atrás, y se decía a sí mismo: «Se lo merecía». Aunque no terminaba de encauzarlo, intuía que, desde aquel entonces, aquella sombra que le acompañaba seguramente estuviera relacionada con la noche de marras, pero no quería verlo y mucho menos admitirlo…

Se sentó en su sofá, las fuerzas le flaqueaban, ya no distinguía la realidad de lo que parecía un hechizo.

A la luz de las velas, allí estaba su sombra; y la «otra», que esta vez, despegándose del cuerpo al que acompañaba, tomó forma de mujer. Ayudándole a ponerse en pie, lo abrazó profundamente durante unos minutos; cuando se despegó del cuerpo, esta era una rosa gigante, que dejó todas las espinas clavadas por todo el cuerpo del avaricioso obispo, ya desmayado del dolor…

Sin lugar a duda, ese día pensó que eso era un castigo del Señor.

Él nació en un pueblo vecino, en casa pobre. Gordito como estaba, era muy tentador. Sus padres no volvieron a saber de él, desde aquella noche de luna nueva, cuando contaba con dos años.

Todos llegaban con sus capas burdeos; mientras el niño rechoncho lloraba incesantemente, los neófitos le preparaban para la noche del gozo del mal…

Pero ese no era su día para elevar a los cielos.

Una chica muy joven, astuta y tenaz se percató de algo que al pobre bebé le salvó la vida, aunque para muchos otros mejor hubiera sido que dejase este mundo aquel día. En un muslo por la parte interior, tenía dos señales de nacimiento, claramente se distinguían una «C» y una «S»… «*Crepusculum ad Sepulcro*». Esa noche no hubo sacrificio.

★★★

Nadie hablaba con ella, la encerraron en una celda del convento y las monjas, con una voz muy dulce, le decían: «Come niña, descansa y reza, reza todo lo que sepas». Parecían auténticas madres, que con solo una mirada sabían su secreto.

Esa misma noche, si alguien estaba verdaderamente llena de satisfacción y sentía la felicidad de haber causado tal mal mayor y todo a su favor, era ella, doña Caracuervo, que esperaba la entrada por la puerta del que fuera su marido. Se había puesto su mejor vestido y brindaba con su mejor vino… Pero sus gozos en un pozo, su marido se iba a fugar, con Elsa o sin Elsa…

El ya nunca volvió.

Fue la primera vez que doña Caracuervo sentía la humillación ante la alta nobleza; porque de espaldas a ella, su marido, el pobre infeliz, jamás le puso una mano encima, ni el mismo día de las nupcias. No porque ella no lo intentara, pero ese hombre, el mismo día que entró por la puerta de su nuevo hogar, cayó la mirada al suelo y no la volvió a levantar.

Hasta aquel día en que el aroma encandilador de aquella joven ascendió por su tabique nasal, llenando su espíritu de una jovial e inesperada satisfacción de bien estar sublime.

Y ya ni un solo día faltó a ningún convite social donde supiera que ella pudiera ser invitada.

★★★

En aquel instante, Yel recordó aquella noche. Que, estando a punto de dormir, su esposa le comentó que por el día en el trabajo estuvo lavando muchas capas, todas iguales, que tenían unas letras bordadas en oro, que eran preciosas, de color burdeos y ponían en todas ellas «*Crepusculum ad Sepulcro*», y que ella le preguntó: «¿Qué letras eran esas?». Aunque Yel estaba muerto de sueño, pacientemente le contó que en el mundo había más idiomas, y esas letras estaban escritas en uno que se llamaba latín.

Cuando se conocieron, Yel se empeñó en enseñarla a leer y escribir; y tuvo que ser así, con mucho esfuerzo, porque años tardó. Aun sabiendo que solo sería para su más íntimo momento, de sobra sabía que no podría hacer alarde de ello.

Mientras le frotaba la espalda con aquel jabón perfumado que ella misma hacía con una receta de su tía-abuela muy mañosa en esas artes siendo la envidia de media comarca, Yel volvió en sí. Se paró quieto y ni pestañeó cuando, mirando a su esposa, se dio cuenta de que ella sería la llave para abrir aquella puerta imaginaria que escapaba a los ojos de todos los que sabían del caso.

Le dijo que, sin falta, al día siguiente se pasara por la oficina, hora exacta y todo. No era una cita de esposos, le aclaró, sino una cita como testigo, y no podía faltar.

★★★

Para el mayordomo del obispo, o más bien «bufón», ya no había más día que el domingo. Esperaba incansable a la misa de diez, donde la vería sin falta.

Nunca se cuestionó por qué lo hizo, pero lo hizo, y solo el hecho de saber que ella respiraba gracias a él… no había más dicha.

El mayordomo se prendó de ella y, aunque nunca sería suya por razones obvias, él siempre la soñaba.

Y hasta se atrevió, por más desagrado que le diera su cuerpo en aquel momento, a darle un beso en los labios al despedirse de ella para siempre. Fue la única noche de su vida que notó algo duro entre las piernas, al recordar el beso.

Y aquel día, cuando lo sintió, lo que él no sabía es que era amor, porque jamás lo recibió y jamás lo dio. También fue el único día en su vida que desobedeció una orden.

El fiel bufón temblaba de miedo; solo de pensar en ser descubierto se mojó el pantalón.

Pero tenía que hacerlo; sería solo para él, y sentiría la lujuria y depravación de un ser tan despreciable como él al sentirse a solas con ella.

La niña Elsa rozaba con los dedos la muerte, de puro dolor; pero la juventud, el afán del amor que sentía en sus entrañas y los pocos cuidados de aquel baboso la devolvieron poco, muy poco a poco, a la vida.

Un hilo de vida que a días rezaba porque acabase, pero no se dejó vencer y su dolor lo convirtió en algo cotidiano a lo que tenía que superar; porque en el fondo de su ser, un ser sin fuerzas y con la dignidad reposando en el fango, supo que ya no era ella, ya no era la niña Elsa, era un ser mutilado.

Se juró que, por la memoria de su padre, por lo que él fue y significó para ella, traería al mundo a lo que crecía en sus entrañas, aunque fuese lo último que hiciese en su ya desgastada vida.

★★★

Doña Caracuervo y el obispo fueron a buscarla al convento; las monjas nada pudieron hacer, ni decir. Se la llevaron.

Esa misma noche, Caracuervo acabaría con ella de la forma más cruel. Eso creyó ella, porque cuando pensaron que ya se habían ensañado bastante con la niña Elsa, y ya no habría manera de devolverla a la vida, el obispo ordenó a su mayordomo que la sacara de allí.

A ese desecho y sus miembros, que quedaron esparcidos por la cueva de la ermita.

El mayordomo cogió una carretilla y montó todo en ella.

Cuando, de camino a la zanja para enterrar todo aquello… oyó un gemido; al notarla viva, no lo pudo hacer y solo enterró los miembros.

Rápidamente y casi sin pensar, llegó, asegurándose en la oscuridad y por donde nadie lo viera, a la Iglesia Catedral, y, buscando las llaves del pasadizo, llevó a la niña Elsa, o lo que quedaba de ella, a la «habitación» que sabía de sobra que no pisaba por allí ni el mismísimo obispo.

La tumbó en un camastro y marchó, volviendo, después de acostar al bispo, con trapos limpios y una especie de ungüento cicatrizante que, después de limpiar las heridas, con todos sus escrúpulos a flor de piel, fue untando por los muñones de la niña Elsa, que estaba desmayada.

Así fue todos los días, hasta que la niña Elsa, recuperó un poco el tono. Y ya hasta una sopita se tomaba a medianoche, cuando el mayordomo podía escapar de sus ocupaciones. Bien sabe Dios que, si el obispo se enteraba de aquella deslealtad, podría ocurrirle lo mismo, o peor.

Así que, por miedo, cuando vio que aquel medio cuerpo respiraba, comía, gemía y ya no tenía fiebres… dejó de ir, pero se aseguró bien de que Elsa le había entendido, y cada tres o cuatro días, le dejaría comida por la chimenea, donde se aseguró también de que ella, pudiera darle alcance… Y allí la dejó, medio enterrada en vida.

Cuando amaneció esa mañana, después de sus tareas domésticas y sabiéndose no controlado, salió de la casa del obispo hacia la Iglesia Catedral.

Nada más entrar, allí estaban el sacristán y el párroco, a los que claramente les dio la orden de que las llaves del pasadizo debían estar bien custodiadas. Y que jamás nadie debía entrar allí, por orden del señor obispo, y que no debían mencionar ni al propio obispo nada del asunto. Hasta que él mismo dijese algo al respecto, amén.

Después de tres días, se despertó a medianoche, como bien prometió, salió de la casa con una cesta de manzanas, unos paños limpios, leche y algunos víveres más; así repitió la escena, año tras año, siempre viendo que de la cesta desaparecían las viandas. Esmerándose en dejar bien cubierto de maleza aquella salida de humos; que bien de tiempo le llevaba. Aunque estaba bien camuflada por aquel manantial al que las rocas cubrían. Nada hacía sospechar que detrás hubiera una apertura que viniese de la misma catedral.

★★★

La mañana estaba soleada, pero fresca; la mujer de Yel se echó su mantilla por los hombros y, caminando más bien con prontitud, llegó a la hora exacta de la cita, donde ya la esperaban Yel y Javián con caras de excitación al imaginarse que, pronto, tendrían alguna pista del caso del esqueleto en la Iglesia Catedral.

Sobre la mesa del despacho estaban las bolsas con los hallazgos de la habitación, o por lo menos lo que Yel tomó como pruebas de lo que él creyó más concluyente.

La esposa enseguida reconoció todo lo que allí se encontraba.

Les contó que, hacía unos años, estuvo en casa de la Marquesa de Bellas Aguas, a la que, bien sabido por todos, era reconocida por su sobrenombre: doña Caracuervo.

Y, bajo sus más estrictas órdenes, todas aquellas capas debían ser lavadas con el más mimo y cuidado, gritándoles a la vez: «Y que no me entere yo que alguna se estropea o echa a perder por algún mal cuidado de las lavanderas».

Serían como unas diez capas, y todas ellas igualitas, que se encontraban encima de la mesa.

Y que podía jurar por lo más sagrado que aquel pelo, con su broche todavía puesto, era de la niña Elsa. Desaparecida la misma noche que el desdichado de su padre, el noble Eulalio, que fue acusado de asesino y al que colgaron casi sin juicio en la plaza de la catedral, la misma mañana después de su arresto nocturno.

Y bien sabía la esposa de Yel, por los chismes más deliciosos y sabrosos para cualquier oreja receptiva a ellos, que las malas lenguas dicen que la niña Elsa escapó con el esposo de doña Caracuervo, del cual, desde aquella misma mañana, nadie volvió a saber.

Yéndoseles la mañana, la esposa terminaba de contar que también pasaba por el palacete del oble Eulalio a hacer las veces de lavandera. Una mañana encontró llorando a la niña Elsa detrás de unos rosales, y ella misma la consoló, tocando su hermoso pelo y rozando con sus dedos aquel maravilloso broche, ensalzado con el rubí, del que cualquier mujer se enamoraría al instante y que jamás pasaría desapercibido a los ojos de nadie.

Y que allí mismo, en aquel despacho, podía jurar y perjurar que aquel cabello con su broche era de la niña Elsa. Y las faldas, ya roídas, también eran de la niña Elsa.

Yel miró a Javián con ojos de asombro, pero con aplomo; conocía de sobra a su esposa como para darse cuenta de que todo aquello que estaba contando no era más que la verdad.

Pero no se acababa de concebir cómo la niña Elsa, pudo haber acabado en aquel lugar, encerrada de por vida en esa habitación y mutilada.

Y todavía era mucho más asombroso qué tenían que ver los misterios con que aquel esqueleto descansara allí.

Aun así, Yel le dijo a su esposa que se podía ir ya, que, si le era posible, intentara recordar algún detalle más de todo lo vivido en esas casas de nobles y con respecto a los chismes.

Y le pidió que, por favor, al día siguiente fuera tan amable de acompañarlos a la Iglesia Catedral, todavía en calidad de testigo.

Cuando la mujer de Yel salió del despacho, Yel volvió a mirar fijamente a Javián a los ojos, incrédulos aún.

¡Por fin tenían una pista a seguir!

★★★

Desde que el mayordomo dejó a Elsa allí postrada, esta pasó días de auténtico calvario, pero la fe en ese Dios que a momentos parecía haberla abandonado la hacía renacer cada amanecer. Que le traía la voz, como en un lejano susurro, de su señor padre, que le decía: «Mi niña, vuelve, no te vayas, yo esperaré por ti, vuelve a la vida. Vuelve, vuelve…». Y la niña Elsa volvía.

Al poco de encontrarse mejor, alzó la mirada y vio el pozo; ese día debía de ser muy soleado para que por la chimenea se colara una chispa de luz. Y pensó que debía llegar a él.

Las heridas ya cicatrizaban, las fiebres habían remitido y, por fin, sintió el deseo de bajar de aquella especie de cama.

Al apoyar los muñones a la altura del tobillo, en el suelo, sintió un tremendo dolor; pensó en que necesitaría algo para sujetarse. Levantó las mantas del camastro y, exacto, tardó lo que no estaba escrito, pero con la ayuda de su hombro derecho logró empujar y arrancar una madera de lo que parecía ser un somier. Una tabla en todos los sentidos, porque, gracias a ella, pudo sujetarse y «andar»; su «tabla de salvación» la llamo. Y así, en el primer reconocimiento a lo que ahora era su casa, se acercó al pozo y dio gracias al cielo. Cuando tiró el cubo con la polea bien conservada y pudiéndolo subir sin mucho esfuerzo, comprobó que estaba lleno de agua, que enseguida probó a beber y a darse su primer aseo en la intimidad, en aquella cueva a la que ya no le importaba pertenecer porque, en cierto modo, allí se sentía a salvo.

Desde ese mismo día supo que podría hacerlo; daría a luz allí, ella lavaría y ella asistiría al bebé. «¡Claro que podría!», se dijo.

Se arrastró hacia el armario como pudo; lanzó un suspiró al ver las dos estanterías llenas de libros. También descubrió en el baúl un costurero y una preciosa capa, un poco vieja, pero a todas luces se veía buen tejido, y calentita… sería perfecta para arropar a la criatura. Ese día lo pasó muy entretenida. Aunque no había atardecer en su vida de cautiverio que, antes de dormir, no llorase hasta bien entrada la noche.

Otra mañana de ánimo lavó su pelo con un trocito de jabón que le había llegado en la cesta de la chimenea. Estaba tan escuálida que ni barriguita tenía, pero no le quedaría mucho. Allí dentro había algo vivo que se movía, y cómo… En poco ya no estaría sola, y después pensaría en cómo salir de allí.

★★★

Todo era revuelo por la casa del obispo, de la noche a la mañana el mayordomo había desaparecido, sin dejar nota o aviso alguno. De sobra sabía que el sacerdote no tardaría en delatarle, en cómo fue él quien dio la orden de que absolutamente nadie entrara en el pasadizo por orden del señor obispo. Y la mentira tardaría en descubrirse en lo que se ponía el sol ese mismo día.

El obispo era plenamente consciente de que tenía bien cubiertas las espaldas con respecto a ese asunto. Pero algo dentro de él, un presentimiento vago, le hacía intuir cómo su morada se estaba convirtiendo en papel, un papel ligero y frágil que podría prenderse fuego a la más ligera chispa, o desmoronarse como un castillo de naipes.

Había sido citado cortésmente por Yel, solo para que su ilustrísima fuese informado de lo acontecido en la habitación del pasadizo. Pero Yel era «perro viejo» y sabría hacer la pregunta adecuada, en el momento adecuado, para incomodar a monseñor, que se creía omnipotente ante los ojos de cualquier inspector de escuela barata.

Esa noche sí que fue tediosa para el avaro religioso, y, sin su mayordomo de confianza cerca, se sentía más agitado que de costumbre, rezando con toda su alma. Necesitaba una noche de paz, pero no fue así.

Ese día, al despertar, sintió su cuerpo fuera de su alma, viendo cómo a la sombra número dos se le dibujaba un círculo luminoso bordeando la zona torácica. Una luz palpitante, que parecía devolverla a la vida… Mientras que la vida del obispo se aceleraba hacia la sombra.

★★★

En casa de Caracuervo las cosas no estaban mucho mejor; a sus oídos también llegó la noticia del hallazgo del esqueleto, sin manos ni pies. Bien sabía ella a quien podría pertenecer aquel cordero degradado de Dios.

La huida del mayordomo también daba vueltas por su cabeza. ¿De qué iba todo ese asunto? ¿Por qué la dejó allí muerta y no donde se le ordenó?

No encontraba ninguna respuesta con lógica, todo era un sin sentido. Pero intuía que le afectaría a ella; si el loco del obispo, al que ya no reconocía, se fuera de la lengua, todo aquel plan perfecto se desmoronaría.

Desde la desaparición del «pobre infeliz» la noche de marras, ella hizo bien el papel de víctima humillada y dolida; hasta dejó de alternar y asistir a convites, pasando así desapercibida, sintiéndose protegida entre los muros de su casa y sintiendo que no dejándose ver ningún gesto inquieto la delataría.

Su padre le regaló una cítara para entretenimiento en su vida casi de viuda. Pero ni con los años un instrumento de tan suaves notas fue capaz de afinar ni media partitura. Era tan espantoso el sonido que hasta los cuatro canarios que tenía parecían taparse los oídos con sus alas en los pocos momentos que dedicaba a practicar sus clases de solfeo.

Creía sentirse acorralada; el obispo ya más bien parecía «lelo» que avispado. Empezando a sentir temor de ser descubierta por sus infames, aunque según su religión aceptados, crímenes.

Cual gatita mimosa, ronroneó alrededor del padre, y este cedió de inmediato a los caprichos de su insensible hija.

Prepararon el viaje de inmediato a tierras bien lejanas, donde unos parientes la recibirían con agrado.

Se sintió entusiasmada; alejarse era la mejor forma de olvidar y empezar una nueva vida, donde su fealdad no fuese su calvario. Aprendería nuevos gestos, más dulces y recatados; olvidaría su altanería y se desprendería de esa mirada de urraca vieja sabelotodo.

Mandó llamar a la modista de forma urgente para preparar el ajuar más de moda del momento y con las mejores sedas. A ella no la cogería nadie desprevenida; partiría de inmediato y empezaría su nueva vida de bondad planificada.

Nada más lejos de la realidad; la quemarían en la hoguera. Después de ser repudiada y despojada de todo su más preciado vínculo, con lo que ella mejor casaba: la hipocresía.

Si hubo una mujer mala y temida en la época, esa fue ella, doña Caracuervo.

★★★

Yel no dormía bien desde hacía algún tiempo; pensaba y pensaba. Se repetía consigo cada palabra redactada por su esposa en su despacho y repasaba cada paso que daba por la Iglesia Catedral.

Aquella inmensa estructura, tallada cual enagua de encaje. Tan bella y a la vez tan indescifrable; por fuera parecía un pastelito adornado con el mejor *chantilly* y a la vez, por dentro, oscura, silenciosa… Donde podría ocurrir lo que ocurría; tremendos misterios, cuevas, pasadizos, puertas secretas. La dulce estructura exterior, en la cual nada parecía presagiar la ciudad intrigante que albergaba bajo sus altos. Altísimos techos, donde ni las arañas se atrevían a colgar sus espectaculares tejidos hexagonales.

Decidió que al día siguiente le comentaría a Javián qué le parecería hacerle un seguimiento meticuloso al obispo y, a la vez, a esa tal doña Caracuervo.

De sobra sabía que él era el jefe, pero la aprobación de Javián a la propuesta era necesaria para dar el visto bueno. Si Javián le confrontase en algo, estudiarían mejor hacerlo de una forma u otra, o no hacerlo.

Ninguno de los dos le daba buena espina. Y más después de saber que podrían estar asociadas las capas burdeos con la encontrada en la habitación; todo apuntaba que allí había gato encerrado, ¡seguro!

La esposa de Yel se acicaló casi como si de domingo se tratara. Iba a acompañar como testigo a Yel y a Javián; y, además, ni más ni menos que a la Iglesia Catedral. Bien sabiendo ella que solo ante los ojos de los demás se trataba de una visita, sin más.

El sacerdote estaba alborotado cuando los tres entraron por la puerta; esta vez, ya hasta él mismo, sentía la desazón que muchas otras veces notaron en la persona del obispo.

Había desaparecido la capa de la virgen y sus ropas durante la noche. Y no había sido ningún ladrón, porque las joyas que ella llevaba estaban tiradas por el suelo. Y eso no era lo peor;

nadie podía haber entrado allí, la cerradura no estaba forzada y él mismo llevaba las llaves de la celda colgadas al cuello. La cesta de manzanas que llevaron el día antes de ofrenda a la virgen tampoco estaba, solo quedó una manzana que habían colocado en la mano Nuestra Señora.

El sacristán temblaba de miedo mientras el párroco contaba todos aquellos detalles, ocurridos la noche anterior.

Pero Yel ya lo tuvo muy claro esta vez. Eso no eran ningún tipo de misterio. Alguien vivía allí dentro en la Iglesia Catedral.

Era cinco de agosto, aunque en aquel recóndito lugar nada importaba. Nada; hasta si hacía más frío que calor. Nada importaba, si caía la noche y el lucero del ocaso asomaba ya por el oeste… Nada importaba en aquella tarde noche en que Elsa dio a luz.

No sabía si la protegía algún espíritu, o la Virgen de los Desamparados velaba por ella, porque lo hizo casi sin esfuerzo alguno.

Lloró. De pena, de alegría, de dolor; lloró por ella, por su hija, por su padre, por su madre a la que apenas conoció.

Y lloró dando gracias a Dios por aquel regalo fruto de su adorado amor. Del que ya apenas recordaba y del que ya no se creía merecedora.

Todo aconteció de la forma más natural y, como animal adiestrado, Elsa lavó y aseo a la pequeña neonata. Abrigó y amamantó a la recién nacida para después caer las dos en un profundo sueño reparador.

La ciudad dormía también; los gatos maullaban en los tejados, buscando el mimo. Olía a verano; algún ladrido lejano presagiaba la cercanía de unos pasos, sonoros en el silencio.

Escondiéndose como podía, vigilando las ventanas en la oscuridad de la noche, iba avanzando, con su capa abrochada y echada la capucha, hacia la ermita que había por detrás de la casa del obispo. La luna asomaba ya en su fase de novilunio.

Cuando Caracuervo llegó, ya la esperaban todos. Se colocó sigilosamente en su lugar y las ceremonias macabras dieron comienzo.

Al llegar esa noche a su casa, doña Caracuervo tuvo que tomar un baño que ella misma hubo de preparar, imposible llamar a la doncella, había comido tanto que le chorreaba la sangre por todos lados; se creía purificada. Y a las Claritas del Alba en la misa cristiana se presentó, como si nada.

★★★

El obispo estaba demacrado, consumido por dentro. Cualquiera, al verle, le creería enfermo; hasta tartamudeaba alguna vez, si se despistaba. Yel, al verle en ese estado, poco pudo hacer, pero entraron juntos en la habitación donde se encontró el esqueleto. El séquito les seguía.

Balbuceó unas palabras que Yel acertó a descifrar. Él hacía años que no iba por allí y el párroco, con la oreja bien pegada, también pudo entenderle.

Y no tardó ni medio minuto en acusarle; y decir a voz en grito que él mismo, hacía unos años, mandó cerrar todo a cal y canto y guardar la llave bajo custodia.

Palideciendo el obispo y buscando asiento, este contestó de inmediato que él jamás dijo nada parecido.

A lo que el sacristán añadió que eso era cierto; que fue su mayordomo, enviado por él, quien se presentó en la Iglesia Catedral aquel día bien de mañana y les dijo que prohibido entrar en aquellas dependencias, por orden del allí presente.

Todos escucharon con atención y la conversación se hizo tensa. El obispo no daba crédito; él nunca le dijo a su mayordomo, creyendo recordar, nada de eso ¡ni por asomo!

Y cuando Yel preguntó por el mayordomo, el obispo se echó las manos a la cabeza y mentalmente empezó a atar cabos.

Él había llevado allí a la niña Elsa. Poco más pudo decir delante de todos, más que estaba claro que él no sabía nada de esa historia. Ni dio ninguna orden a nadie de que cerraran esas puertas, estaba claro que fue su mayordomo.

Que, además, hacía días que se había marchado de casa del obispo sin causa alguna y sin nota de despedida.

Salieron del pasadizo y allí poco más se pudo hacer.

Cuando ya se acercaban a la salida del templo, Yel paró en seco y, mirando fijamente al obispo, le dijo: «Dentro hay una chimenea, ¿no sabría usted, su Ilustrísima, por una casualidad, decirnos dónde se encontraría la salida de humos?». A lo que el Obispo le contestó de inmediato: «Claro, en los libros de la eucaristía están todos los planos de la construcción».

«Pero no hará falta mirarlos», dijo; «la salida de la chimenea está detrás del manantial, pegada a la cruz de piedra, en recuerdo del apóstol».

★★★

Elsa era lista, tanto como para darse cuenta de que su niña no podía crecer allí; de algún modo tendrían que salir.

«Por la chimenea», pensó; pero por más vueltas que le dio a la cabeza, no dio con ningún resultado.

Pero su niña, que ya contaba con dos años, le dio la idea al verla jugar en un rincón de la habitación grande, intentando coger su piedrita, la que siempre tenía con ella, como si de un amuleto se tratara. Se le había quedado atascada en una ranura de las baldosas del suelo. Mientras escarbaba para desencajarla, Elsa dio con la idea. «¡Eureka!». Cavarían un túnel y saldrían de allí.

Y así, pasaron más años, cavando y cavando, leyendo y educando a su niña dentro de sus posibilidades, ya que era una infante. Recitando aquellos cuentos con esa voz tan dulce que sabía hacer.

Su niña, la pequeña Eulalia, crecía feliz en aquella cueva inmunda, pero confortable para ambas; no se podía pedir más. Había heredado el cabello negro de su madre y los preciosos ojos verdes de su padre. Cada día, se aseaban después de escarbar en el túnel, que, para desesperación de ambas, no llegaba nunca a ningún lado.

Un día, al llegar la niña sola de su trabajo de escarbar, porque su madre se encontraba ya un poco enferma por aquella soledad, humedad y desdicha, su mamá dormía y la niña esperó a que esta despertara.

No ocurrió eso, la madre ya dormía en un sueño muy profundo, del que ya no pudo despertar.

Pero si su madre era lista, la niña lo era aún más, y otro medio año le costó hallar por fin una salida al templo. A la vida…

★★★

Tenía todo preparado para partir; sentía tal nudo en el estómago que no pudo ni probar bocado. Y al borde de la náusea estaba cuando la doncella la avisó de que había llegado una misiva del señor obispo.

Con tantos preparativos para el viaje lo había olvidado; en tres días eran las celebraciones del centenario. Había que hacerle los honores al rey Eugenio de Terras y Marúm. No podía faltar.

Sin gana alguna, le contestó de inmediato, y le dijo que sí, que ella se había encargado de lo que habían acordado y estaría todo listo para el día concreto. Las capas estarían listas, con su estrella bordada en oro, del primer centenario y, al final de las letras «*Crepusculum ad Sepulcrum*».

A Yel le estaban dando sus frutos las expiaciones oportunas; notaba mucho ir y venir por casa de doña Caracuervo y cartas van, cartas vienen de casa del obispo.

Cuando llegó al despacho, dos mujeres lloraban desconsoladas, acosando a Javián, rogándole y tirando de su chaqueta suavemente, desesperadamente, que por favor, las encontraran. Las dos hijitas de las dos mujeres habían desaparecido.

★★★

Hacía ya mucho tiempo que su mamá había muerto. La niña por instinto, le cortó el pelo, como bien hacía la madre con ella.

Y la mayor parte del tiempo lo llevaba consigo en las idas y venidas por el túnel. Se había acostumbrado a ver gente, como ella y su mamá, y ya no le daban tanto miedo.

Un día se coló por la parte de atrás del altar y pensó que la Virgen le recordaba a su mamá, porque era muy guapa pero no tenía pelo.

Entonces, escondida por la parte de atrás y cobijada por la capa de la virgen, empezó a soltar por el hombro de la imagen la coleta de su madre. Pensando que, así, la virgen estaría realmente bella.

Cuando empezó a oír gritos y mucho alboroto, salió despavorida, enganchándose el broche que anudaba la coleta en las ropas de la virgen y quedando allí colgado, como si de su propio pelo se tratara.

La niña no lo pudo rescatar; como gato asustado, buscó su refugio y huyó del altar.

Le gustó mucho más, con diferencia, la vez que se atrevió a llegar al final del túnel y salir de él.

Claro, que toda esa gente que la miraba allí en las paredes le daban tremendo miedo. Y ese primer día, subida a unos butacones, les dio la vuelta a tres o cuatro cuadros que no le gustaba cómo la miraban. Sin saberlo, había hecho de aquella inmensa catedral su hogar.

La niña andaba perfectamente bien y, si ponía empeño, hasta de forma refinada, pero gateaba como nadie y se escabullía como nadie también. Su mamá la había enseñado bien; hasta el aseo tomaba como parte de su rutina, triste y solitaria.

¿Qué podía entender ella? Sus ojos estaban acostumbrados a la oscuridad, quizás a la vaga luz del quinque. Poco más se podía esperar, pero se las arreglaba bien acostumbrándose a la gente poco a poco. Aunque jamás se le hubiera ocurrido acercarse a uno de ellos.

Lo que pudo temblar el día que Yel la cogió en sus brazos.

★★★

El obispo estaba tranquilo, se había olvidado por completo de sus desdichas. Con tanto preparativo para el centenario, y ocurriendo todo como a él más le gustaba, de forma intrigante, con cautela para no levantar sospechas. Y así poderse reírse de medio mundo: causando el mal sin ser descubierto.

Ese día mandó preparar su plato predilecto, lo que más le gustaba. Se sentía con apetito, y el pollo al chilindrón le sentaría estupendo para coger fuerzas, que ya le flaqueaban día a día.

Si el obispo siempre fue un hombre corpulento, ahora estaba escuálido, sin color en sus mejillas y arrugado como uva pasa.

Sentía una extraña presión en el pecho, pero no le daba importancia. El día estaba cerca y no podía permitirse el lujo de enfermar. Él era uno de los anfitriones al «banquete» y nada podía fallar.

Se disponía ya a sentarse para comer y lo distrajo un destello de luz en lo alto de la habitación. Alzando la mirada, creyó ver a la Virgen, que se le aparecía, pero no…

Era una silueta de mujer, una sombra con el corazón iluminado. Bajó la mirada y, al volver a mirar, esta ya no estaba.

Eso sí, su corazón colgaba fuera de su pecho, palpitante, vivo. El obispo corrió hacia su dormitorio, se tumbó en su cama y se desvaneció. Pasó tres días con el corazón colgando; luego, llegó su hora.

Yel habló con Javián; había que tender una trampa a quien fuera que estuviese en la Iglesia Catedral. Entre los dos tendrían que pensar algo. Aunque de nada les serviría llegar al final del asunto, fue más fácil de lo que podían haber imaginado.

Se encontraban al lado del manantial, en la salida de humos de la chimenea. Los matorrales lo cubrían, pero eran de quita y pon; alguien, estaba claro, había estado suministrando los alimentos por allí a la pobre desdichada.

Yel quiso entrar de nuevo en la habitación; Javián dio por hecho que irían enseguida. Pero Yel le citó para el día siguiente, a las nueve de la mañana, en la Iglesia Catedral.

★★★

Doña Caracuervo estaba excitada; después del aniversario del centenario saldría de viaje de inmediato a tierras muy lejanas, y eso, aunque la preocupaba en cierto modo, también la hacía sentirse liberada. Por fin lejos de lo que ya le causaba verdadero hastío. Soñaba ya con su nueva vida.

Y sí, su destino la llevaba ya en alfombra voladora; suave viaje, hacia un futuro distinto, hacia un destino del que ya no volvería jamás…

Mandó hacerse el mejor peinado, el que más de moda estuviera para la época. Quería estrenar esa noche uno de sus nuevos y más lujosos vestidos, aunque con la capa burdeos bien sabía que no luciría mucho, pero por si acaso.

Y así fue. De la fiesta del centenario salió sin la capa, con sus mejores ropas. Aunque poco le duraron puestas, como su peinado, que poco duró también. Su recogido enlazado y trenzado se desenmarañó con el zarandeo de los policías que la sacaron de allí.

Yel mandó comprar a su esposa los mejores pasteles de la tienda de dulces. Y le pidió que, por favor, no hiciera preguntas. El mismo favor que le pidió a Javián cuando este le vio llegar con la cajita envuelta en papel decorado y adornada con un lacito verde.

El párroco y el sacristán ya esperaban en la puerta con las llaves en la mano para no perder ni un momento más. Entraron por la puerta más pequeña y fueron directos hacia la capilla; una vez allí, hacia la habitación siguiendo el pasadizo.

Javián sentía como un nudo en el estómago; su presentimiento se lo decía, aunque no lo visualizaba. Sabía que estaba allí. Que allí estaba ya en sus manos, servido en bandeja, la solución de tan triste enigma.

Yel entró primero; era el jefe, y todos le abrían el paso para que así fuera. Mandó salir al párroco y al sacristán, y les dio la orden para que volvieran en un par de horas.

Yel depositó la cajita de pastelitos al lado del montículo de tierra. Y, exacto, no pasaron ni tres cuartos de hora cuando empezaron a oír ruiditos, como si de un animalito se tratara.

Estando a oscuras, Yel y Javián parecían no respirar. Y se oyó el ruidito de una baldosa resbalando por el suelo, y después unos pasos suaves. A la niña se le había acabado el aceite del quinqué, pero era lista y había tomado unas velas en su poder. Aunque ya solo iba de vez en cuando a la habitación, al encender una vela, se extrañó de ver la cajita tan bien envuelta; la asió y la sacudió. Al olisquearla, el olor a merengue la derritió del gusto y, bruscamente, intentó desprender el envoltorio.

Su mamá siempre le envolvía alguna pequeñez con alguna hoja de los libros viejos, en modo de regalo, creyendo que así la niña tendría una pequeña ilusión ese día. Recordando la niña aquellos presentes, lloraba mientras lo desempaquetaba.

Yel y Javián no daban crédito. Yel le dio un pequeño empujón con el brazo a Javián para llamar su atención, y, llevando su dedo índice a los labios, le recordó silencio.

Poco le duró la alegría de aquellos dulces a la pequeña; al dar el primer muerdo a aquel pastelillo delicioso, vio dos siluetas pegadas a la pared. Fue tal el susto que apenas pudo reaccionar, pero soltó de inmediato la cajita de dulces y corrió hacia la baldosa para intentar escabullirse por el túnel. Pero Yel se tiró en plancha y alcanzó su piececillo, frágil y huesudo.

Ya no parecía una niñita, más bien se había convertido en un animal adiestrado para la defensa. Mordió y arañó a Yel, por todo el cuello hasta que se quedó sin fuerzas. Después tembló en sus brazos, abatida y derrotada. Javián lloró como nunca ante la escena presente.

★★★

Aquella noche sería el final del estancado sufrimiento de aquellas gentes, que vivían en sus corazones una pena arraigada de sus tristes vidas.

Un sufrimiento, aunque a veces ajeno, flotaba en el aire. Aunque no visual, una niebla gris parecía envolver cada rincón de lo que, en su día, fue una bonita ciudad.

Yel y Javián abanderaban la operación, todos estaban a sus órdenes, y todos estaban en sus puestos estratégicos a la espera de las señales indicadas por Yel.

La tarde caía, un horizonte en el ocaso con sus mejores colores despedía el día.

Lo más rápido que pudo, pero sin levantar sospechas, se le acercó a Yel uno de sus subordinados y le susurró al oído: «Doña Caracuervo acaba de salir de su casa». Muy extraño para una señora de su clase abandonar el hogar a esas horas y sola, pensaron.

Pero no fue la única en salir, porque a los cinco minutos también salió el padre, y los dos portaban una especie de capa en su brazo derecho.

Al gesto de Yel, él como avanzadilla y los demás adelantando puestos, se y dirigieron hacia la casa del obispo, que era donde Caracuervo había dirigido sus pasos.

Dentro de la ermita, por detrás de la casa del obispo, todo estaba preparado. Pero Caracuervo, al ver aparecer al señor obispo, con el que tantas veces había tenido envenenadas conversaciones de desprecio hacia gentes de bien y deseándoles una vez tras otra desgracias insospechadas, se dio cuenta.

Algo no iba bien. Y así fue…

El obispo presidía la mesa de piedra, de forma ovalada; había poca luz, como era la costumbre. Pero Caracuervo no le quitaba la vista de encima; su rostro reflejaba la sombra de la muerte, y esta se sentía inquieta.

Intuía una desgracia en su persona y en la de los allí presentes, pero era tarde para parar; el festín había comenzado.

El obispo ya había entrado en estado de éxtasis, aunque esta vez lo hacía de forma extraña. Los niños allí postrados ya estaban preparados con el corazón fuera del cuerpo, palpitando, vivos…

El obispo lanzó a voz en grito las primeras oraciones en latín, evocando a los malos espíritus. Y en ese momento fue cuando Caracuervo vio moverse algo dentro de su pecho.

Ante el asombro de todos, se acercó hasta él y, descubriendo su capa, vieron que el obispo estaba desnudo y con el corazón colgando.

Todos los allí presentes dieron un respingo y, ante el silencio unánime por el asombro, se oyó una voz: «Deténganlos a todos».

Fue tan dantesco el escenario que algunos tuvieron que agarrarse a la pared y otros hasta vomitaron.

Los miembros de la orden estaban atónitos, y uno a uno fueron esposados y sacados de allí.

Excepto el obispo que, desnudo y con el corazón colgando, alzó sus manos al cielo y, pidiendo perdón a Dios, se tiró encima de una pequeña hoguera que estaba preparada para las ofrendas, que eran los desechos de los niños sacrificados. Sin corazón, comido por ellos.

Y ardió como si de hoja de fumar se tratara, un chisporroteo hizo al caer.

Y una especie de sombra con silueta de mujer y con una pequeña iluminación en la zona cardíaca se desprendió de él. Subiendo como humo por encima de la hoguera.

En ese mismo momento, misteriosamente, las campanas de la Iglesia Catedral empezaron a sonar.

Ese día, Elsa descansó en paz.

Los demás miembros de la orden, nada más amanecer, fueron quemados en sendas hogueras ante los ojos de toda la ciudad allí presente.

Por la noche, Yel llevó una niña a casa y le dijo a su esposa: «Tuya es… Nuestra».

2

El árbol de las manzanas sangrantes

Nunca olvidó su pelo aromatizado, sus cintas bien enlazadas adornándolo, haciendo juego con sus vestimentas. Lo que la lloró. «Elsa, Elsa», sollozaba en la noche.

Por más que preguntó y preguntó, y buscó y buscó, nunca nadie supo decirle ni un solo comentario de lo que podría haber sido de ella. Claro que tampoco podía indagar todo lo que le hubiera gustado por miedo a ser descubierto.

El «pobre infeliz» se había vuelto huraño; en la taberna ya no le recibían con buena cara desde el día que discutió con un vecino y llegaron a los puños. No le caía bien a nadie, su espíritu estaba empapado de discordia y no lo podía evitar.

Había conseguido hacerse un lugar en aquella ciudad lejana a la suya, y sabía de triquiñuelas para haberse hecho con un negocio, próspero, pero lúgubre, como su vida.

El destinó su empresa a las pompas fúnebres, nada que pegara más con su persona. Poco imaginaría el «pobre infeliz» que un día saldría de allí, de esa ciudad que no era la suya, y así lo sentía, con la felicidad en su corazón.

Un corazón ajado, destruido y humillado por aquella esposa que poco le quiso. Y, sin plancarlo si quiera, sin atreverse a pensarlo, dio aquel paso que cambiaría su vida, lejos de aquel hogar insignificante.

Para huir con su amada, a la que el destino sí que le jugó una mala pasada. Y no logró reunirse con su amor; pero que él bien claro tenía que, con Elsa o sin Elsa, se fugaría y no volvería a aquel hogar horrible.

Se afincó como hombre de baja cuna, aunque no fuera así, y vivió o intentó vivir en la sombra. Sin imaginar que un día volvería a sentirse un hombre completo y lleno de alegría, con el sol iluminando sus días venideros.

★★★

Visitó aquella mañana la tumba de su madre y partió…

La esposa de Yel lloró mucho. Eulalia partía con tristeza, pero con ilusión; aquella vieja ciudad ya no le aportaba nada y necesitaba conocer lugares lejanos.

Siempre actuaba cual gato curioso, a punto de perder la vida, sin miedo al peligro. Siempre avanzando, cerrando casos inhóspitos, logrando fama por tierras lejanas. La reclamaban de lugares que nunca oyó ni hablar de ellos.

Ia-el llegó en la sobremesa; el invierno estaba presente, el sol ya caía y el frío calaba hondo.

Si ella pudo ejercer la profesión del que fuera el hombre que la crio, y al que llamaba padre fue porque nadie vio con malos ojos cómo la niña creció viendo y acompañando a Ia-el de aquí para allá, deteniendo a ladrones e investigando asesinatos y muertes.

Pues nadie se extrañó cómo su heredera fue aprendiendo los gajes del oficio, el cual acabó ejerciendo.

★★★

El campo estaba verde y lleno de flores silvestres que lo adornaban; la primavera llamaba a la puerta. Como cada noche, llamaban a la puerta de los ciudadanos de aquella aldea. A las once en punto, cuatro toques, un silencio, y un toque de campana, pareciendo el día del juicio final en cada casa.

Anunciando una nueva noche de temor hacia los habitantes de aquel lugar. Pasaron meses de angustia, hasta que lograron encontrar una persona que quisiera hacerse cargo de los misterios que, día sí y día también, atormentaban la aldea llamada Fuego, al norte del país. Lejana de cualquier ciudad, solitaria, pero fructífera; sus tierras eran muy fértiles y, por esa razón, a nadie le gustaba la idea de dejar la aldea.

Lo primero que llamó la atención de Ia-el nada más poner los pies en aquel sitio fue el olor a azufre quemado. Pero, al comentarlo con los que iban a ser sus compañeros de trabajo y fatigas, allí a nadie le olía a nada.

Todos quisieron acompañarla el primer día en su primera inspección por la zona, pero ella prefirió ir sola. Se concentraba mucho mejor que con gente parloteando a sus espaldas. Aunque, de haber siquiera sospechado que llegaría tan lejos en su paseo, se lo hubieran advertido; pero no fue así.

Llegó a una pradera hermosa. Jamás sus enormes ojos pudieron deleitarse de una vista igual. En medio de esa pradera, un hermoso y gigantesco manzano adornaba el lugar. No pudo por menos que acercarse y, fue tal la impresión, que aquella jornada que se presagiaba tranquila acabó en una indescriptible sensación de repugnancia y desazón en su ser.

Las manzanas que colgaban de él eran como cabecitas humanas, arrugadas, con ojos, nariz y boca. Y por el rabito que las sujetaba al árbol chorreaba una sangre roja carmesí. El árbol de las manzanas sangrantes lo llamaban.

★★★

Nunca conoció el amor de ningún tipo, solo sabía de animalillos de cloaca y cuevas húmedas y oscuras.

Su inteligencia era superior y, aunque nada conocía del mundo exterior, sí que pensaba qué podía haber detrás de aquellas puertas, donde su padre la mandó encerrar para no verla, ni saber de su existencia, al dudar de su legitimidad sanguínea.

Si algo aprendió a hablar, fue gracias a los destinados a acercarle los alimentos, si no, ni eso. Como rata se crio y, tal cual, como rata aprendió.

Y no acabó ahí su desgracia, porque, cuando cumplió los doce años, su padre la mandó lavar, peinar y vestir.

Cualquiera que pasara por allí, sin escrúpulos, claro, tenía permiso para visitar la habitación que, ahora sí, habían destinado a la chica. Y forzarla. Aunque no conocía ni el bien ni el mal, se decantó por el mal. No hay espíritu libre o preso, al que su instinto le diga, que algo no funciona bien al sentir esa repulsa hacia los hombres, más bien, viejos verdes, siempre que hacían de ella una fulana.

Y así, llegando de la pubertad a la adolescencia, su corazón se volvió negro, y negro fue su recorrido. Hasta aquel día que Yel le dijo: «¿Quieres ser mi amiga?».

Y ese día dejó todo atrás y empezó una nueva vida. Ya no era la Rata, se hizo llamar Aurora, porque para ella empezaría una nueva vida, desde el amanecer…

***

Ia-el se alojó en una posada, aunque pocos viajantes pasaban por allí, porque el lugar tenía fama de aldea maldita por ese insoportable olor a huevos podridos. Los aldeanos estaban tan acostumbrados al hedor que ni caso hacían de esas habladurías. Cualquiera que pasara por los alrededores prefería mil veces dar un rodeo que adentrarse en las cercanías con tal de no salir de allí, con esa sensación horripilante que atufaba hasta a tres días del lugar.

No había nunca discusión, la decisión siempre era unánime, se rodeaba sin contemplaciones.

El primer día parecía tocar a su fin, pareciendo confortable el camastro; los bostezos no cesaban, pero había que esperar a la hora maldita. Habiendo ya un silencio sepulcral en la calle, donde hasta las flores parecían esconderse, al sentir en sus propias carnes lo cierto de lo contado y por la razón por la que la habían llamado, la detective se inquietó.

A las once en punto sonaron en la puerta de la posada cuatro toques, un silencio y un golpe de campana.

Y así fue en todas las casas de la aldea, como todos los días desde hacía ya… Aunque para ella no existían los misterios, porque todo tenía su lógica, sí sonaba aterrador descubrir que no había nadie, absolutamente nadie, al otro lado de la puerta ni en toda la calle.

Se durmió pensando en todas las cosas que tenía que hacer por la mañana; sobre todo, descubrir de dónde procedía ese olor apestoso. Tendría que hacer a los chicos un montón de preguntas.

Se asomó por la ventana a echar la cortina. Se levantaría antes de amanecer, seguro, pero, por inercia, el gesto era inevitable.

Se volvió para regresar a la cama, medio dormida ya, pero una chispa se encendió en ella y un fugaz destello vino a su mente. Volvió a abrir la cortina y, a los lejos, vio lo que parecían destellos; eran lucecitas que parecían ir en fila de a uno dirigiéndose hacia la pradera. Donde estaba el manzano gigante.

Su cuerpo estaba sin fuerzas, pero su mente y su inquietud continuaban muy activas. ¿Qué era aquello?

Volvió a vestirse y salió de la posada, más bien a escondidas; no quería levantar sospechas tan tempranas a sus investigaciones, y más si eran nocturnas.

El relente era importante, pero el instinto de investigar cualquier anécdota, y más a esas horas intempestivas, podía con cualquier pequeñez como el frío de una noche de invierno.

Siguió los caminos que esa misma mañana había transitado. Al llegar al rellano, no quiso ser vista, pero de lejos ella sí pudo ver a varias mujeres vestidas de negro alrededor del árbol. Y entre todas ellas había una que destacaba más por su altura y por la capa con capucha color rojo carmesí que vestía.

Tenían prendido un pequeño fuego que, para sorpresa de Ia-el, no era rojo anaranjado; era un fuego tremendamente rojo, rojo sangrante.

No pasó mucho tiempo y la mujer alta empezó a mover sus manos, de una forma extraña. Con las palmas dirigidas hacia el árbol y después separándolas despacio; una portezuela se abría en el tronco inmenso de aquel árbol, por donde fueron entrando las mujeres, una a una, hasta desaparecer, sellándose la puerta después de que entrara la última.

Ia-el dormitaba, pero quedó segura de que de allí no había salido nadie.

Y ya amanecía.

El cansancio y el frío eran tal que Ia-el, al incorporarse para volver a la cama, escondida detrás de un matorral, notó que la cabeza le daba vueltas. Y al momento se desvaneció, cayendo en un profundo sueño.

★★★

Desde que su padre le asignó el cuarto, la Rata, como así llamaban a la chica, pronto aprendió a escabullirse de allí. La fortaleza no era muy grande, pero sí disponía de tres plantas, más las buhardillas.

Pero sí hubo un lugar que una vez que encontró no dejó de visitar ni un solo día que pudo, ese fue la biblioteca. Y en donde, sin saberlo, encontraría el libro que cambiaría su vida.

Y así, creyendo hacer el mal, su vida cobraría algún sentido; porque el de meretriz de amigos de su padre, y de él mismo, eso era solo un mal sueño.

Una pesadilla que cada amanecer se esfumaba de sus pensamientos, que, con un nuevo día, retomaba otro pensamiento, otro camino, sumergiéndose en la lectura que no le costó mucho tiempo aprender, debiendo el favor a un mayordomo del servicio, que poco a poco la enseñó, ya que él, en su día, fue un noble acaudalado, aunque allí eso no le importaba a nadie. No obstante, la Rata supo sacar un buen partido de sus enseñanzas y aquel tristón hombre fue cogiéndole un gran cariño. Ella no, ni sentía ni padecía.

★★★

El romero estaba en flor, la plaza mayor de la aldea parecía perfumada. El hedor en esa época solo asomaba como una vaga brisa, que más pronto que tarde se adueñaría del lugar.

Ia-el, ya repuesta del todo, desayunaba en la posada, deseosa de encontrarse con sus compañeros cuanto antes.

La dueña de la posada se despidió de ella, diciéndole que pasara un buen día y recordándole que cogiera todas las prendas de abrigo que poseyera, porque el día amaneció con una nevada de las que hacen historia.

Tardó algo más de lo acostumbrado, pero a las nueve y poco entraba por la puerta de donde se reunían a trabajar.

Ia-el no quería perder el tiempo y, tras redactar el informe de lo vivido el día antes, enseguida preguntó quiénes eran aquellas mujeres que, de noche, iban en procesión al manzano gigante. Y allí nadie sabía nada de ningunas mujeres. Mirando todos a Ia-el, como si fuera una perturbada, narrando un sueño nocturno.

Ia-el, al percatarse de la mala imagen que estaba dando, enseguida calló, pensando que sería mejor investigar por su cuenta algunos detalles.

Con la excusa del calor que daba la chambomba humeante, decidió salir de aquel lugar y dar una vuelta. No quiso volver por el mismo camino del día anterior, tomando uno que se le antojó bastante peculiar.

Las piedras del suelo eran rocas negras ya pulidas formando un camino que, al mirarlas, daban la sensación de estar calientes; y, exacto, al tocarlas despojada de sus guantes, estas estaban templadas. Se quedó perpleja cuando, por un instante, el camino pareció agrietarse, y por las grietas se desprendían pequeñas chispas de fuego que, solo al pestañeo de Ia-el, desaparecieron.

Al comentarlo con los chicos nada más llegar, otra vez las mismas caras, nadie había visto el camino de rocas apagarse y encenderse por capricho. Esta vez Ia-el quedó sorprendida de verdad.

¿Qué era todo aquello? Y, por primera vez en su vida, sintió vértigo de verdad por lo que se avecinaba…

★★★

Era día de fiesta, los labriegos celebraban la Santísima Virgen de los Desamparados, y la sacarían en procesión.

La Rata, al notar la casa en silencio, se dispuso a arrastrarse, para no ser vista, hasta la azotea, donde todos aquellos maravillosos libros reposaban en estantes. Lugar que su fiel amigo, el mayordomo, le había enseñado.

Sintiéndose fascinada, y agradeciendo eternamente a la vida aquel lugar soñado: la biblioteca.

Sus ropas estaban ya siempre limpias, ya no estaba harapienta.

Y aunque no eran lujosas, al pasar por aquel espejo en forma de luna, ella se veía preciosa.

Y para lunas, las que pudo ver en la portada de aquel libro. Con piedritas de colores incrustadas en él; este se veía a la legua que era un libro especial.

Y, como especial, lo halló en un recóndito estante al que nadie jamás se hubiera acercado.

Porque en ese estante, en la balda superior, estaban talladas arañas gigantes y esqueletos.

En formas y siluetas, imitando bailes exóticos, como una epifanía pagana. Dando pavor a cualquiera que osara acercarse a ella.

Pero, para la Rata, todo aquello eran minucias; después de haber visto desde bien niña todo tipo de insectos del tamaño de una patata, y vivido escenas obscenas y macabras con hombres apestosos, unos relieves en una estantería polvorienta y con mugre poco le importaban. Y menos si había algo que llamase su atención en ella, como esa caja de madera con incrustaciones metálicas Que pedía a gritos que la cogieran.

Dudó en abrirla un momento, pero enseguida se percató de que no estaba echada la cerradura. Y, al levantar la tapa de la caja, vio que era el estuche del libro más maravilloso jamás visto. Las piedras preciosas que adornaban la portada destellaron al primer haz de luz. Con una línea de color por cada piedra que llegaba hasta el techo llenando de colorido el torreón donde la chica se encontraba.

Y al sacarlo de la caja con sus manos temblorosas, del impacto fugaz de los destellos y ponerlo a la luz del sol por el único ventanuco que había en la estancia, los cristales se iluminaron con más fuerza, elevándose y flotando en el aire. Empezaron a formar una esfera; rodando como planetas, a ras de la portada del libro.

La Rata palideció del asombro, pero no lo soltó de sus manos. Era como tener un juguete nuevo, digno de cualquier pudiente niño caprichoso.

Al separarlo de los rayos del sol, los cristalitos se apagaron y se colocaron en sus cavidades, talladas en la portada de aquel libro mágico.

Colocó la caja en su sitio y guardó el libro entre sus faldas; este hallazgo era su mayor tesoro, y no podía dejarlo allí. Empezaría a leerlo esa misma noche.

★★★

Ia-el llevaba más de una semana en el pueblo. Poco a poco iba conociendo a las gentes de aquel lugar; preguntándose siempre, por qué no emigrarían a otros pueblos, donde por lo menos no hubiera ese olor, al que no lograba acostumbrarse.

Al desayunar una de las mañanas, vio entrar el ataúd; un señor y un joven lo portaban. Volvió su cabeza inmediatamente hacia la posadera; esta enseguida le negó con la cabeza y le susurró: «Iba a ser tarde o temprano, no se asuste usted. El alcohol le tenía consumido por dentro».

Pero ella insistió en ver el cadáver, y sí, a todas luces se veía a un hombre quemado por la bebida.

Puso su atención inmediata después de ver al desgraciado con el muertero, y este le dio unas vibraciones positivas, aunque su estampa de positivo poco lo observó hasta que este se alejó bien, con su carromato fúnebre, calle abajo.

Y, sin saber por qué, un suspiro salió de su ser. Su intuición no fallaba. Aquel hombre pertenecía a su vida, y nada ya podría detener aquel encuentro insospechado para cualquiera de los dos protagonistas.

Al solo nombre de Elsa, aquel hombre partió en llanto, descompuesto de dolor, en los brazos de su hija.

★★★

La carraca era ensordecedora, parecía vibrar toda la aldea a ritmo del traqueteo, hasta las campanas de la iglesia tocaban al son.

Se estaba volviendo insufrible el asentamiento en ese pueblo, ya admitido por todos los aldeanos como maldito.

No había día en que un malestar incómodo, y a la vez aterrorizador, se ocupara de sobresaltar a aquellas gentes, de espíritu pacífico, pero con el alma inquieta y ceños fruncidos del poco descanso nocturno y la desazón de los acontecimientos.

Después del desayuno y de ver al muerto, Ia-el se sentía inspirada. Cogió un caballo y cabalgó hasta el manzano gigante. No pudo por menos que acercarse a él y recorrer suavemente su perímetro, acariciando el tronco en busca de la entrada «secreta». Pero nada encontró, era un tronco de lo más normal en un árbol. Exceptuando las cabezas en miniatura humanizadas en forma de manzanas sangrantes.

Cogió las riendas del percherón, decidiendo regresar al pueblo dando un paseo.

Al salir de la pradera, nada más tener enfrente la silueta del camino, halló un manantial con grandes piedras y un buen chorro de aguas cristalinas.

Se acercó para hidratarse tanto ella como el animal, inspeccionando la zona primero, dando la vuelta a la fuente para cerciorarse de que nada pudiera sobresaltarla en su propósito de calmar su sed.

Pues, tropezando con una piedra punzante a la que la hiedra había vestido para no ser vista, cayó de bruces en el barro, más bien fango, y, como si de una succión se tratara, pareciendo unas arenas movedizas, tras una caída de unos dos metros, su cuerpo quedó tendido en el suelo de lo que parecía una cueva que sospechosamente tenía una cavidad por la que asomaba una luz anaranjada. El corazón se le paralizó al descubrir unas sombras como de unos niños agarrados de la mano que corrían hacia la pequeña luz que asomaba.

Su padre siempre le enseñó a llevar una pequeña vela con lumbre para encenderla en el bolsillo.

Y, al tantear su bolsillo por dentro del gabán que ella usaba, sobre todo, cuando no quería parecer femenina, allí estaba. La encendió, y se acercó a las sombras. Estas eran dos estatuas, una niña de unos diez años y un niño de unos cinco, que parecían petrificadas. Con tal mala suerte que, al tocarlas con la punta de la yema de su dedo índice, las estatuas se desintegraron de forma inmediata, dejando un montículo de ceniza en el suelo.

★★★

Si ya fue poco toparse el «Día de la pradera» aquella mañana, con el árbol de las manzanas sangrantes, los aldeanos tuvieron que lidiar con más y más de lo que ya llamaban «castigos del Señor».

Las tres pozas cerca del río donde los muchachos, en los días más cálidos, se despojaban de todas sus ropas para darse un chapuzón. Claramente sin los permisos paternos, por ser estas de gran profundidad, lo que lo hacía más atractivo y divertido para los mozos del pueblo.

Un día, siendo pleno invierno, cuando, de bien amanecida, los cuatro vecinos, que con sus herramientas de mano, se dirigían a los huertos, vieron burbujear el agua de las pozas, de las que también salían vahos que, como niebla de noviembre, creaban una bruma, rodeando la zona de un calor de verano.

Corriendo los cuatro hacia la aldea a contar lo sucedido, allí no estaba mejor la cosa, pues del portón de la iglesia las figuras talladas en madera se movían y parecían flotar y juguetear por la fachada principal.

El propio cura les pidió a todos que se fueran del lugar y rezaran todo lo que supiesen, pero dentro de sus hogares, hasta que todo volviera en sí.

Fue un día para recordar; nadie se movió de sus casas hasta pasados tres días de encierro, donde los rosarios del hogar, en esos días, parecieron cobrar su lustre original.

★★★

Pasaban las horas y la vela se consumía; oía a lo lejos el caballo relinchar, pues recordó haberlo dejado atado a un árbol. Y se calmó al pensar que, gracias a ese proceder, darían pronto con ella.

Pero si sobrevivió, no fue gracias a su caballo. Porque el animal, al ver que caía la noche, de dos tirones se soltó y se perdió en las cercanías del bosque.

Aunque sí que la posadera avisó a la mañana siguiente a sus compañeros. Les contó que Ia-el esa noche no apareció ni a cenar, ni a dormir. Y, como ella, se quedaron extrañados.

Se pusieron en marcha de inmediato tras el aviso de la posadera, pensando en dar una vuelta por la zona primero, por si se encontraba en algún peligro, o simplemente se había extraviado.

La muchacha ya estaba entrando en estado de hipotermia cuando la encontraron.

El caballo merodeaba por la zona y, esta vez sí, los guio sin problema hasta el lugar. Como si de verdad intuyese el mal destino de la chica.

Tenía los ojos como platos de puro alucinamiento. Aunque estaba entrenada para la fuerza mental y supo callar todo aquello que vio, no fuera a ser que esta vez sí que la tomaran por una auténtica trastornada.

Pasó dos días en cama para recuperarse y los recuerdos vividos en aquella cueva eran continuos. Pero no se dejaba vencer y luchó duramente para no caer en la tentación de abandonar la misión, que esta vez superaba todo pronóstico y auguraba un mal final.

★★★

Si bien su deseo era hacer el mal, parecía que sus pensamientos se volvían realidad. Y no podía creer cómo no se le ocurrió pensarlo antes. Porque si la idea le vino a la mente al caer aquella tarde, no había amanecido y su padre yacía muerto en su lecho, con una baba espumosa saliendo de su boca y con olor a heces por todo el dormitorio.

Ese mismo día se dio cuenta de cuánto poder tenía al alcance de sus manos. La Rata era sumamente sensible a los deseos de su mente y, como tal, no habría cosa que no pudiera lograr.

Nada más enterrar a su padre tomó la fortaleza como suya y, desde allí, creería poder tomar el mundo como suyo también a su antojo.

★★★

Lo reconoció enseguida, pero se incomodó al observar que él no dejaba de mirarla.

Y, aunque ese hombre no le inspiraba desconfianza, no tardó en coger el gabán y salir de la taberna de forma inmediata.

El muertero no podía creer que esa carita de porcelana se dedicara a esos menesteres.

Y no podía creer cómo era posible que cualquier gesto de la chica le recordara tanto a la que un día amo.

Entrando con fuerza en el despacho, les pidió a todos que cogieran unos candelabros, ropa de abrigo, y pico y pala.

Y en menos de una hora, dispuestos, ya estaban allí.

Volvería a bajar a la cueva; esta vez mejor equipada y con los chicos.

El olor a azufre era más intenso en esa zona y hasta se extrañaron de encontrar por el camino unas cuantas aves muertas.

Esta vez, los compañeros de Ia-el sí que notaban el mal olor y, cubriendo todos sus narices con lo que encontraban en sus bolsas de tela, lograron continuar el camino por la gruta.

No hizo falta gran esfuerzo; a los primeros golpes de pico y pala, la pared con la que se toparon, que parecía de roca dura, se vino abajo.

Y, esperando que las rocas cayeran sobre ellos, cubriéndose todos como pudieron, la pared se deshizo sin más, dejando un gran montículo de ceniza que, con una corriente de aire que se produjo en el momento, se desvaneció por la gruta. No dejando ni rastro.

El silencio y la oscuridad reinó de pronto; hasta la lucecita anaranjada dejó de percibirse. Pero un sinuoso caminito de cantos ennegrecidos se les presentó ante ellos, invitándoles a entrar en él.

★★★

La noche estaba de tormenta; un rayo partió el silencio en dos y cayó lluvia como de tempestad.

La oscuridad se apoderaba de la aldea, y no asomaban ni los gatos callejeros por las esquinas de los corrales.

Cerca de la fortaleza, eso sí, había movimiento. No había un escenario mejor para las prácticas maliciosas. La Rata bajaba hasta las cuadras, con sus ropas color carmesí y con el libro mágico entre sus brazos, que ella adoraba. Como cualquier hombre de fe, adoraba su libro sagrado.

Mandó hacer una hoguera que los caballos agradecieron para entrar en calor. Y ella, con sus ya seguidores a sus rituales encantados, se dispuso a recitar las primeras frases para el culto. Una religión inventada por ella y que parecía calar hondo en todos sus discípulos, venidos hasta de aldeas cercanas.

Los cuales ni sabían que eran milagros lo que veían, sino trucos de magia que la Rata bien aprendió a practicar y de los cuales sacaba provecho. Porque, más que temor, lo que sentían por ella era adoración.

Se las ingenió bien aquella noche intempestiva, porque, al finalizar los rezos, todos esperaron inquietos para ver el milagro. Esta vez superó con creces las expectativas.

Hizo volar a tres caballos blancos alrededor de la hoguera, los cuales, después de unas cuantas vueltas, desaparecieron en la noche.

Y, a las palabras «*Dea Divinus*», la congregación desapareció por los caminos, en silencio y boquiabiertos por el espectáculo presenciado.

La bolsa de monedas llegó bien rebosante al cofre esa noche. En la madrugada, ya cansada, se durmió con sus ropas encima de la cama. Aquel día se superó a sí misma.

★★★

Ataron con fuerza las cuerdas a sus cinturas; la pendiente era bastante inclinada. Al ir bien equipados, se tuvieron que desprender de algo de ropa al notar calor ahí abajo.

Ia-el no desistiría en la exploración a la gruta, iba siendo hora de encontrar alguna respuesta, y seguía su instinto como un ciego sigue el suyo: sin miedo a perderse.

A esas alturas, ya no faltaban rasguños de todo tipo; la caverna se iba haciendo más estrecha por momentos. Y, cuando parecía acabar el camino, empezó a verse algo de luz al final del túnel.

Según avanzaban, las paredes empezaban a brillar; tenían como cristalitos incrustados en ellas. Parecían estrellas en una noche despejada de invierno, en plena helada nocturna. Pero, en vez de azules, eran color fuego. Al llegar al final del recorrido el corazón de los allí presentes se estremeció de tanta pureza y belleza que escondía aquel lugar, al principio, tenue y ahora majestuoso.

Y solo fue la punta del iceberg, porque, al asomar por la boca del túnel, lo que pudieron observar sus ojos, ya llenos de lágrimas, no podía describirse con palabras.

Allí abajo se escondía una aldea que parecía toda en llamas, que toda ella brillaba como purpurina y toda era de color naranja.

La iglesia destacaba entre los tejados. ¡Era tan bonita! Tan indescriptible su brillo… era como estelas en un mar. Un mar de ópalo, fuego anaranjado.

Los brillos eran como flotar en un sueño, donde los zafiros naranjas caían como lluvia de estrellas. Y los caminos de arena fina hacia la aldea brillaban como diamantes y ágatas, deslumbrando, como un sol de mediodía en pleno agosto.

El mano derecha de Ia-el se tambaleó hasta caer al suelo, desmayado de la emoción.

★★★

Se asombraba ella misma de su poder. Los años de encierro y después de abusos los borró de su mente; ahora era poderosa. Sus ropas eran de telas de la mejor calidad, buenas y de colores vivos, pero sin rozar lo hortera.

Sus peinados, lograba hacérselos a la moda; siempre dándoles su toque personal. Allá donde fuera, lograba llamar la atención; no por bella, sino por diferente.

Se juró no casarse nunca, ni conocer mozo alguno. Se bastaba y se sobraba ella sola para darse gusto con todo tipo de caprichos. Y dedicó mucho tiempo a sus estudios, cada vez más fructíferos.

Aquella mañana llegaba el envío; la caja con diez espejos de diferentes tamaños con los que, como bien explicaba su mágico libro, podría practicar trucos insospechados.

Era consciente de la de cosas que se podían conseguir con unas monedas que bien poco les costaba dar a los aldeanos por un poco de entretenimiento y rebeldía ante una Santa Madre Iglesia.

Colocó los espejos como le decía el libro, y las telas de satén que guardaba en los baúles de trabajo. Cuando, con sus manos en alto, pronunció las palabras aprendidas, los destellos de colores se apoderaron de aquella estancia. Y, al chasquido de sus dedos, aparecieron muchas imágenes de ella misma flotando por la habitación, dando vueltas en círculos. Ya sabía ella de sobra que ese truco no podía fallar. Y lo haría, además, con los caballos blancos.

Nunca sospecharía que la vieja guardia estaba al acecho, y no dejarían pasar ni un día más sin que aquella mujer, de la que tanto habían disfrutado, pudiera vivir así, a su libre albedrío.

Ya entrada la noche, después de la cena, todos se disponían a dormir. La Rata y el servicio descansaban, pareciendo una noche más.

Pero a las once de la noche, cuatro toques sonaron en su portón. Asomándose por el ventanal, vio a un hombre que hacía señales; al no entender nada de lo que quería decir, mandó abrir la puerta.

De pronto, diez hombres aparecieron de la nada, colándose en la fortaleza. Dispararon a su mayordomo cuando estaba bajando la escalera. Sin darle tiempo a escapar, la Rata fue agredida.

Rasgaron sus ropas, arrancaron mechones de su pelo. Retozaron sobre ella, volvieron, uno a uno, los recuerdos de su adolescencia; hicieron con ella lo que les vino en gana. Pillándola desprevenida, claro.

Se robaron lo que pudieron y, gracias al cielo, el libro estaba a buen recaudo. Lo que no sabían esos hombres era que no iban a salir vivos de allí.

Entre trucos y lo que no eran trucos sufrieron en un solo día lo que ella había sufrido durante todos aquellos años.

Y, al toque de una campana, los cuerpos de los hombres yacían ya todos en el suelo. El veneno que esparció por sus caras era tan potente que hasta ella tuvo mareos por un tiempo.

★★★

Salió corriendo de casa, él y otros tres vecinos a la par. Pasó como un rayo, terriblemente tóxico, dejando un destello de humo blanco tras de él.

Cuatro casas fueron alcanzadas y de allí no salió nadie vivo. El olor era tan fuerte que quedaron asfixiados allí mismo.

El muertero no daba abasto, pero tuvo tiempo de acercarse a la taberna, donde todos comentaban lo ocurrido; hasta Ia-el, cuaderno en mano, iba anotando todas las anécdotas del fogonazo.

Y no cesó en todo el día de preguntarse por qué, al mirar a los ojos de ese hombre, parecía mirarse en los suyos. Porque el muertero le clavó la mirada al entrar por la puerta y este, a su vez, también se extrañaba de por qué le sucedía aquello con esa muchacha.

Y, estando congregado medio pueblo, o el pueblo entero, en la tasca, hubieron de agarrarse donde buenamente pudieron. La tierra tembló como nunca, hasta el punto de acabar algunos aldeanos tirados y revolcados por el suelo de la taberna.

Ya no había explicación razonable a lo acontecido en el día. Hasta algunas casas se vieron desprendidas de partes de sus fachadas. Y hasta el propio tejado de la Iglesia se vio afectado, cubriendo de cascotes la entrada principal. Ia-el intentaba dormir, pero no había manera de conciliar el sueño recordando lo del día vivido y repasando mentalmente cómo bajarían a la gruta por la mañana. De pronto, le vinieron a la memoria los buenos recuerdos al lado de sus padres y cayó en un profundo sueño reparador.

★★★

Pues no era ella lo suficientemente fuerte, con un corazón acuchillado y una mente de frío acero.

El escenario en la fortaleza se podía describir como los días de matanza en las casas del pueblo: con cerdos descuartizados por cada esquina.

Y cocinando vísceras en grandes marmitas al fuego.

La Rata decapitó uno a uno a todos sus torturadores reduciendo sus cabezas, como bien leyó en un capítulo de su libro mágico, concluyendo un trabajo que, con mucho esfuerzo y tesón, consiguió al cabo de varios días.

Con una pintura rojo carmesí pintó sus cabellos, que quedaron chorreantes de ella, y cuando la pintura se secó se fue a la pradera y allí colgó, en el manzano gigante, las cabecitas arrugadas en miniatura, que daban verdadera repugnancia.

Se sintió satisfecha librando una pesadumbre de su ser, que poco a poco parecía evaporarse en la noche.

El mayordomo sobrevivió a aquel ataque. Ella lo cuidó. Y, cuando pudo levantarse, la Rata, con todo el dolor de su alma, despachó al que un día fue el «pobre infeliz», dándole una buena suma de dinero. Porque él fue la única persona que la quiso. Que la ayudó, que le enseño a leer, a escribir y que la guio hasta la biblioteca, su bien más preciado.

Quería estar sola; poco necesitaba ella de nadie, y menos de ser descubierta por los tremendos asesinatos. Haciéndole jurar al «pobre infeliz» que, por el bien de los dos, jamás contara nada de lo que vio aquella noche, en que todos esos hombres aparecieron en su casa.

Y él así lo hizo. Porque aquella muchacha, a la que tanto vio sufrir, era lo único que le hacía sentir vivo dentro de aquel cuerpo fúnebre.

Tomó el dinero y se instaló en la aldea.

Nada más acorde con su persona, al que declararon el muertero del pueblo. Con un alma tan fría era capaz de amortajar, sin escrúpulos, a los que se quedaban ya sin vida.

Y así, poco a poco, puso un negocio que prosperó.

Era su modo de pasar por la vida; por una vida que, para él, ya creía terminada hace muchos años.

Pero nada más lejos de la realidad, porque su vida tomó un giro insospechado, y nunca más volvió a ser el «pobre infeliz». Ni el «muertero».

Estando un día en la taberna, agudizó el oído al pasar cerca de Ia-el. Dándole el corazón un vuelco al oír el nombre del pueblo de donde provenía y más cuando dijo que su madre se llamaba Elsa.

Poco a poco, su cuerpo se fue adueñando de una ilusión que era un hecho. Y sus pasos dejaron de ser pesados y arrastrados y se convirtieron en ágiles. Como si tuvieran alas. Y hasta pudo volver a enamorarse. Aunque, al morir, de su último aliento solo se pudo escuchar: «Elsa...».

★★★

Sacó las fuerzas de donde pudo y se lo contó. Ia-el lloró, lloró descompuesta de dolor. En aquel momento apenas le venían *flashes* de las circunstancias en las que había pasado los primeros años de su vida.

Le contó cómo su mamá y él planearon huir juntos a vivir su historia de amor y cómo se pasó un día entero esperando su llegada en el punto de encuentro.

Siempre pensando que se habría arrepentido, no la espero más. Y huyó solo. Jamás hubiera imaginado que ella esperaba un bebé. Y menos aún sabía de su cautiverio. Si él siquiera pudiera haberlo imaginado…

Pero volver al hogar, con aquella bruja, hubiera sido como haber muerto también. Antes de eso hubiera preferido quitarse la vida.

Y se alejó solo de aquel lugar, con la esperanza de olvidarlo todo. Y todo lo olvidó, menos a Elsa.

Lloraron mucho recordando la historia pasada; le contó al, ahora sí, su padre, por qué se hacía llamar Ia-el.

Su verdadero nombre era Eulalia, como su abuelo, el noble Eulalio. Pero, en honor a los dos hombres de su vida, juntó el final de las letras de esos nombres: «Ia», el final de Eulalia, y «El», el final de Yel; por eso se hacía llamar Ia-el.

Y le reconoció sin dudar de dónde le venía ese espíritu de supervivencia: de la que había sido su madre, en aquella cueva, y la que tanto debió sufrir.

Le contó cómo sus piernas estaban arqueadas de tanto gatear por un túnel, por donde solo entraba su frágil cuerpecillo de niña de corta edad. Por eso, el túnel que la llevaba a la ciudad subterránea le traía esos vagos recuerdos de su infancia. Recordando que debía madrugar para bajar a la gruta, dejaron la conversación y se despidieron hasta el día siguiente con cariño.

Volviendo a reunir a los chicos, se dispuso a volver a investigar por la zona.

Bajaron de nuevo, esta vez preparados con más fuerzas físicas. Tendrían que bordear la aldea de brillos extenuantes y encontrar algún sentido a aquella grandeza que, desde aquel día, solo pudo recordarse en la retina de los allí presentes. Porque esta vez, al asomar por la boca del final del túnel, se hizo una fuerte corriente de aire. Y, como castillos de arena en el desierto, todo se esfumó. La aldea de ensueño desapareció, dejando una gran cavidad, inmersa ya en la oscuridad.

Ninguno pudo articular palabra, solo Ia-el, que dijo: «Volvamos».

Los tonos azul cielo iban cambiando, según se iba poniendo el sol, a azules turquesas, a violetas y dar paso a una noche de verdadero desasosiego para las gentes de la aldea.

La tierra temblaba sin cesar, pero no bruscamente. Cuando todo daba la sensación de que se iba a derrumbar, cesaba el traqueteo.

Y al poco, volvía, sacando a todos los vecinos de la cama. Estos ya estaban dispuestos a pasar la noche a la intemperie. Suerte que la luna estaba llena, dejando caer un manto de luz sobre las praderas y, a la vez, sobre aquel pueblo al que le quedaban las horas contadas.

A la lejanía y cerca de la pradera, donde, perenne, se encontraba el Árbol de las manzanas sangrantes, empezaba a emerger un pequeño monte que, al acabar la noche y asomar la madrugada, ya se convirtió en una montaña.

Ni Ia-el, ni nadie del pueblo, jamás vieron nada igual.

Al mediodía, aturdidos ya de tanto rugido que salía de aquel monte, ninguno sospechó que lo peor aún estaba por llegar.

La montaña empezó a emitir, por su parte más alta, una humareda, que casi parecía tocar el cielo. La tierra empezó de nuevo a temblar y, cuando los aldeanos ya se estaban alejando del lugar —eso fue ya, obra del Santísimo Señor Jesucristo—, la lava brotó por las laderas de la nueva montaña y, como estrellas fugaces, desprendía de su interior pequeñas rocas, como ascuas, que se iban desintegrando por el cielo, que tenía un color como un mar de ópalo rojo fuego. Los más astutos entendieron el porqué del nombre del lugar.

Teniendo que abandonarlo todo, salieron con lo justo y a toda prisa de sus casas pensando, todos ellos, en cómo empezarían una nueva vida, lejos del que fue su hogar, maldito sí, pero su hogar. Aquella extraña aldea se llamaba Fuego.

★★★

La Rata también estaba asustada. Creía que en su fortaleza nada podría pasarle, pero sí que empezaba a montar sus cosas personales en el carro por si la cosa se ponía peor aún. No se acordaba ya de que ella tenía un amigo que la apreciaba.

Vio desde el ventanal que se acercaba un grupo de gente. Y vio que, entre ellos, estaba su querido mayordomo.

Al verle de cerca, una lágrima corrió por su mejilla. Era él. Bajó enseguida y le abrió la puerta: «Hemos de irnos enseguida, coge todo lo que puedas y vámonos».

Ni siquiera sabía por qué lo hacía ni por qué había ido a buscarla. Pero los dos salieron de allí a toda prisa, en el carruaje de ella.

★★★

Sus cuerpos se fundieron en un largo abrazo, al reencontrarse por los caminos Ia-el y su padre, que, desde ahora, se haría llamar Lorenzo, como el sol, que alumbraría su vida ya para siempre.

Por el camino a casa, la Rata, que con su nuevo nombre también, en honor a lo que iba a empezar a ser su nueva vida, se hizo llamar Aurora. A la que Ia-el iba empezando a cogerle un cariño especial por cómo ella contaba cómo su padre la encerró en las catatumbas de la fortaleza.

Sintiéndose Ia-el tan identificada con ella, pudo ir perdonando todo aquello que la Rata iba contando que hizo: sus conjuros para ganarse la vida con las donaciones de los creyentes de su fe, los engaños a los aldeanos con sus trucos para tenerlos atemorizados, los asesinatos.

Y contó también cómo volvió a dejar el libro mágico en el lugar donde lo encontró, en la caja de madera.

Yel y su esposa recibieron a todos con los brazos abiertos. Cuando Ia-el les contó óomo había encontrado a su verdadero padre dejaron todo lo que estaban haciendo y acompañaron sin dudarlo a Ia-el y a Lorenzo al cementerio, donde, en una piedra, estaba tallado el nombre de Elsa, y donde su cuerpo, mutilado, descansaba en paz.

El pueblo llamado Fuego desapareció, cubierto por la lava del volcán, que emergía y se sumergía a su antojo. Sin embargo, la gente no dejaba nunca de poblar el lugar cuando este se escondía y se descubría lo fértil de sus tierras.

3

Las diez mártires, los diez monjes y el ángel

Los lobos corrían hacia él con rabia encarnizada, pero él estaba entrenado para no ser cazado. Llevaba consigo las alforjas a buen recaudo, oliendo todas ellas a carne fresca, donde entre las vísceras, se guardaban las alianzas. El olor era tan fuerte que los canes no podían resistirlo, queriéndole darle alcance en la noche cerrada.

Al dejar el bosque atrás, en medio de las sombras, por fin la luna apareció entre las nubes densas. Dejando ver en la lejanía un pequeño monasterio camuflado en la espesura de un campo de girasoles.

La puerta estaba abierta, y chirrió al ser arrastrada.

Empezaban a entrar las primeras luces del amanecer por las ventanas y, aunque se notaba que era un monasterio habitado, todo se veía desolador. Ningún monje, ni nadie, salía a recibirle; ni siquiera al tropezar con un cántaro, que parecía puesto adrede para asustar a los intrusos que tropezaran con él. Las tripas le rujían, lo primero que buscaba con descaro era algún alimento que llevarse al buche.

Después de un largo recorrido por las primeras estancias del monasterio, no encontró nada. Y ya se dispuso a investigar por la planta baja dando, ahora sí, con una sala destinada a comedor a todas luces.

Las velas encendidas ya parpadeaban, siendo consumidas por la noche.

Lo primero que llamó su atención en un recorrido rápido con la mirada fue la mesa principal. Llena de manjares suculentos en una mesa bien puesta, como si fuera a comer allí el mismísimo rey Diosdado.

Al bordear la mesa, apilados en el suelo se veían unos bultos, como sacos, todos del mismo color.

Se acercó con la experiencia que la cautela le había enseñado. Pudo certificar la muerte de diez monjes, cuyas vestimentas llamaron su atención, fijando fuertemente la vista en ellas. No eran como las de todos los monjes que había visto hasta ahora, siempre de color tierra mojada. Eran unas vestimentas tan extrañas, de un azul turquesa noche, que brillaban al colarse por el ventanuco las primeras luces del alba. No parecían hábitos rudos de monje, sino, más bien, sedas salvajes, para vestidos reales.

★★★

Madre e hija se dijeron que habían tenido suerte; por lo menos, entre unas cosas y otras, el enlace se retrasaría.

Y así podrían planear cómo deshacer aquel matrimonio. Aunque ya lo hubieran intentado por todos los medios, ahora, con la inesperada muerte del rey Diosdado y la desaparición de las alianzas firmadas por él, todo se complicaba. Y el enlace no podría llevarse a cabo.

La princesa permanecería en palacio, en su casa, con su mamá. Y no en un país lejano, de cuya religión nada sabía ella.

La unión de estos dos países no la querían ni unos, ni otros.

Solo esos dos reyes avariciosos, que encontraron en la unión de sus hijos un caudal incesante de beneficios. Más personales que hacia el pueblo, para ambos monarcas.

Aun no coincidiendo en religión, eso nada importaba.

Respiraron madre, hija y el propio pueblo; a nadie le daban buena espina esos pactos precipitados. Y ya sospechaban hasta de la muerte temprana de su rey, que llevaba a un pueblo a la deriva y hasta la pérdida de una hija que, con la distancia entre un país y otro, se dudaba mucho que pudiera volver a ver.

★★★

Salvo por los muertos, el lugar parecía un remanso de paz.

Los pollos y las codornices deslumbraban en la mesa, como recién hechas, y más apetitosas que cualquier moza en nupcias.

Pero los monjes, con esas posturas retorcidas, tirados por el suelo frío y húmedo, quitaban el apetito al más hambriento. Y decidió no probar nada. Buscaría en el huerto y comería de allí.

Mientras tanto, recorrió intrigado el monasterio; de la planta principal, bajó a los sótanos, nada más dar unos pasos, se encontró con lo menos imaginado.

Y enmudeció al verlo.

Tardó un buen rato, en recomponerse. Una de las habitaciones estaba llena de mariposas de un color azul turquesa, que revoloteaban alegremente.

Jugueteaban unas con otras, en la tenue oscuridad, donde la sombra de una rueca servía de refugio a las más tímidas. Era el único mueble que adornaba en una esquina, y en la otra estaba él. El ángel, en su halo de melancolía, desprendiendo esa luz azulada, como una luciérnaga en la noche.

★★★

La madre se lo juró a la hija, que jamás la separarían de ella; muerto el padre y con las alianzas desaparecidas, la chica quedaría de reina.

Aunque, siendo tan joven, no habría problema; la corte se postraría a sus pies. Era la hija del rey Diosdado y la segunda en sucesión. Ya nada podrían hacer ellos, y menos llevársela para su matrimonio, como habían acordado.

Pero nada más lejos de la realidad; en la víspera de la coronación, se aparecieron en palacio esos hombres de aspecto tan extraño reclamando a la chica y los negocios pactados.

Todo estaba revolucionado en palacio. Los hombres de aspecto tan extraño acordaron que el mismo día de la coronación serían los esponsales.

Y, seguidamente, partirían a tierras muy lejanas con la recién coronada reina, ya desposada. Quedaron allí los administradores de su séquito para unirse al séquito de la nueva coronada reina. Y así, por la gracia de su Dios y el de ellos, hacerse cargo de los feudos en común acuerdo.

La madre no podía permitirlo; nadie se llevaría a su hija. Y menos esos hombres asalvajados con un Dios de nombre tan ridículo.

Dando unos golpes en la parte más alta de la chimenea de su dormitorio, esta giró. Y por allí salieron madre e hija con lo puesto, prestado por una sirvienta, y un saco lleno de joyas, escondidas entre harapos.

Tardaron más de media noche en dejar de ver el castillo a sus espaldas; creyéndose estas ya fuera de peligro, aminoraron el paso.

Pero el peligro las acechaba tanto en la noche como en el día. No escaparían tan fácilmente; quizás de unos sí, pero de otros no.

★★★

El exceso de luna era sancionado y el ángel lo había sobrepasado, cayendo a la tierra en forma humana, con gesto tibio y unas alas blancas.

Estaba atado con una gruesa maroma, cerca de la rueca. Lorenzo no alcanzaba a entender nada. Pero ya el lugar no le daba buena espina, y quería salir de allí cuanto antes.

Lo último que pensaría sería en dejar allí escondidas las alianzas firmadas por el rey Diosdado, ya fallecido, y a las que debía salvaguardar con su vida, si fuera preciso.

Se sintió conmovido por aquel ser extraño, no pudo por menos que intentar liberarlo de aquellas cadenas. Le preguntó, mientras tanto, si podía entenderle y cuál era su nombre.

Que con voz angelical, le susurró: «Me llamo Resplandor».

Mientras este continuaba desatándole, el ángel también le preguntó: «¿Por favor, me llevas contigo?».

Le iba contando a Lorenzo, mientras este serraba las cuerdas, cómo los monjes, le tenían de día y de noche hilando en la rueca.

Y según le iba contando, oyeron unos golpes que llamaban en la pared cercana a la puerta, pidiendo auxilio.

Si ya el ángel dejó totalmente descolocado al amante de la madre de la recién coronada reina Candela, esto ya fue llanto.

En una celda continua, muy pequeña, encontró a diez chicas.

Todas ellas en estado de buena esperanza y con la crueldad del lugar grabada en sus ojos. Clamaban al compás: «Por favor, sácanos de aquí a nosotras también».

El ángel, que ya había tomado como suyo el hombro de Lorenzo, como si de un loro se tratara, al ver la escena dijo: «Que Dios nos ampare».

★★★

El monje Jessus fue el artífice. Desde el día que encontró la mariposa azul, su mente no dejó de dar vueltas y vueltas.

Y le revoloteaban las ideas al sentarse por las tardes en el *scriptorium*, situado al lado de la botica y del jardín de plantas medicinales.

Allí empezó con los estudios; todo lo que aprendía lo dejaba datado en su libro de ensayos, que pronto verían sus frutos.

Con muchos esfuerzos ingeniosos e investigaciones y un trabajo minucioso, logró su fin. Un primer gusano de seda color azul turquesa.

Y, con el tiempo y mucha dedicación, acabó cultivando estos animalillos, que tan grandes beneficios le daban al monasterio por su color peculiar y nunca visto; hasta de lugares lejanos venían en busca de sus sedas únicas y precios inalcanzables.

Pero sus intrigas seguían siendo constantes y no quedaron ahí; era más ambicioso, que todo eso.

Una noche, al acostarse, y tocando sus partes blandas, la idea fue clara. Si los gusanos de seda azul turquesa fueron posibles, esto con más ahínco lo será también.

Encontraría la forma de crear semen con pigmentos azul turquesa. Y en ese momento justo, la cosa se le puso tan dura, que tardó poco rato en eyacular.

★★★

Eran las diez muchachas más hermosas del entorno. Provocaban celos y envidias y, a la vez, ternura y encanto.

Se criaron como ninfas en el bosque, en la cabaña, al lado del estanque. Todo ello rodeado de bellos parajes donde las mujeres vivían en libertad, después de la prematura muerte de sus padres.

El trabajo de todas ellas, siempre bien coordinas y en armonía, daba sus recompensas. Y no les faltaba nunca la recaudación para los nobles del lugar. La cabaña era toda progreso y bienestar para sus inquilinas.

Casi nadie se acercaba por allí; estaban ya desprovistas hasta de fe al quedarles la aldea más cercana, lejos, lejísimos del hogar.

Su única religión era ya cada nuevo amanecer, fructífero y lleno de dicha, por tan buenas recompensas de su esmerado trabajo incesante.

Hasta aquel día en que fueron engañadas; el que decía traer el bien donde ya lo había, no hizo más que llevar el mal.

Y las muchachas cayeron en un pozo oscuro de sufrimientos del que ya no pudieron salir, y la paz anhelada no volvió nunca a sus vidas.

★★★

Ellas se creían omnipotentes y, por lo tanto, nada podría pasarles.

La madre tiraba de la hija y, a ratos, al revés; la hija tiraba de la madre. Lograron alejarse de aquel castillo, que era más una cárcel que las encadenaba a unas leyes y a unas costumbres de las que no se podía escapar.

Se sentían un poco libres de tanto protocolo, de ese infierno de oro.

Empezarían a vivir una vida en paz, de liberación espiritual y rutinaria. Después de un largo camino de meses, encontraron un pueblo con vistas al mar inmenso, aunque ensombrecido por unas señoras vestidas todas de negro, con pañuelos en la cabeza y joyas de todo tipo adornando sus cuellos, que iban de aquí para allá siempre sin rumbo fijo, como poseídas, hablando solas mientras acariciaban sus collares.

Madre e hija se dijeron ser lo más discretas posible y hacer pocas preguntas, contestándolas con simples monosílabos.

Cuando encontraron una choza abandonada, bastante alejada del pueblo, la hicieron suya al ver que pasaban los días y nadie les reclamaba nada.

Llevando ya casi una semana allí, una tarde, al ponerse el sol, el temor se apoderó de ellas viendo cómo se acercaba una de las señoras de negro, caminando sola y haciendo aspavientos. Pero la señora ni parecía verlas; seguía su camino hacia los acantilados.

Y, sin dudarlo siquiera, como si el camino siguiese por el aire, se tiró al mar.

Y las olas, como si de un trapo se tratara, la llevaban y la traían hacia la orilla, hasta que desapareció. La noche cayó, fresca, oscura y silenciosa.

★★★

El enano hizo bien su trabajo.

Las muchachas ya le tenían confianza el día que amanecieron en la ciudad para el mercado mensual.

Las hermanas se arremolinaban por su tenderete, queriendo tener todas las verduras bien a la vista para ser vendidas cuanto antes y regresar al hogar con la saca bien llena de monedas.

El enano conduciría el carromato durante el regreso mientras ellas descansaban, y bien poco les iba a cobrar por los servicios recibidos.

El monje Jessus ya las tenía observadas hacía tiempo, y las chicas eran las perfectas para sus experimentos.

Mandó al enano a engañarlas y, sobre todo, no aparecerse sin ellas en el monasterio, donde ya tenía todo preparado para su experimento más prestigioso hasta el momento.

Aprovechó la oscuridad y las llevó al destino del cual era su propósito, cuando se presentó en el camino al mercado mensual y se ofreció a ayudarlas.

Engañó a las chicas para obedecer a su amo y las secuestró.

Llegó cuando aún era de noche. Los gallos, ya despiertos, hacían sus cánticos matutinos, despertando a la hermandad.

El enano despertó a las muchachas también; dando palmadas, les decía: «¡Abajo, dormilonas!». Y las chicas, frotándose los ojos, todas ellas a la par, bajaron de una en una del carromato. Y con sus sonrisas risueñas, le decían al malvado enano: «¿Pero dónde nos has traído, pequeño diablillo?».

Desde aquel día dejaron de ser unas inocentes muchachas para convertirse en sus propias sombras, tenues y grises, gracias a unos monjes sin piedad que las usaron para sus experimentos humanos y hasta abusos de todo tipo. Hubo algún monje que no lo resistía y decidió abandonar el monasterio. Le hacían la «despedida» y acababa como comida para los puercos.

El experimento más cruel ya empezaba a dar sus frutos.

Después de insertar el semen que el monje Jessus llevaba años preparando con pigmentos de las orugas azul turquesa, y con un minucioso trabajo de obstetricia, las chicas, ya preñadas, entraron en un estado enfermizo. Con unas fiebres altas que el monje lograba controlar.

Día a día, fueron desapareciendo cuando notaron que sus vientres empezaban a crecer.

Aunque las muchachas seguían postradas en sus camastros, sin apetito y sin ganas de vivir.

★★★

Las Yayas iban en procesión hacia los acantilados, esas mujeres de negro que tanto pavor daban.

Era el día de Todos los Santos y los feligreses seguían la comitiva religiosa por los alrededores de la pequeña iglesia. Pero a las Yayas eso les daba igual; ellas iban por libre.

Como hormigas negras, en fila de a una, iban caminando deprisa hacia los caminos deshabitados, donde practicaban sus rituales y rezos en un idioma que nadie lograba entenderles. Ni ellas mismas, que soltaban improperios al viento, mientras caminaban hipnotizadas por los brebajes suministrados por su matriarca.

Madre e hija las espiaban desde la choza cercana a la ermita, al borde del acantilado.

Donde la Yayona Mayor, así llamaban a la de más edad, que era la matriarca; como una especie de druida. Que, de reojo, un día las vio asomadas por una ladera, viéndolas pasar.

Ella siempre estaba al acecho; era la única que no bebía de sus propias pócimas, y así no enloquecía como las demás.

Y aquella misma tarde, asustando como nunca a las de palacio, al salir la madre de la choza a respirar un poco de aire fresco, se encontró a la Yayona. De pie, en silencio, enfrente de su puerta, con los brazos pegados al cuerpo. Mirando fijamente a la madre, le dijo: «Tu hija ha sido llamada a la perfección de nuestra disidencia y tendrás que entregarla pasados dos días. De no ser así, perecerá, porque su vida ya ha elegido el camino».

Se dio media vuelta, y se fue.

★★★

Si se creyeron libres, no se rio ni nada el enano. Había trancado todas las puertas; de allí no saldría nadie.

Menudo era él; dejar escapar aquellos tesoros, con lo que le había costado deshacerse de los monjes. Años de trabajo y de que depositaran en él todo tipo de confianzas.

Justo tuvo que aparecer ese hombre y estropearlo todo. Pero, problema solucionado, ya estaban todos bajo su control otra vez.

Con los monjes muertos, las chicas y el ángel ya serían para él. Con todos los beneficios económicos que eso conllevaba.

Ese enano ya se creía el amo del mundo; no contó con que Lorenzo era un hombre fuerte e inteligente. Y su dicha duró poco, porque, al segundo día, Lorenzo logró desatarse.

Pillándole de improvisto, le arreó tal porrazo en cuanto tuvo la oportunidad, que el enano cayó al suelo desplomado. Y el que quedó encerrado fue él.

Los demás huyeron sin premura.

La tarde estaba lluviosa, pero el carromato del monasterio era confortable.

Y allá iban todos: las diez mártires, el ángel y Lorenzo, dejando a sus espaldas a los diez monjes muertos y al enano encerrado de por vida.

Porque de allí nunca más salió; y el monasterio cayó en el abandono. Murieron las mariposas azul turquesa y todos los experimentos malignos que salieron de él.

Todo, menos lo que guardaban los vientres de aquellas muchachas, que pronto darían a luz.

★★★

La madre no podía creerlo; otra vez querían llevarse a su hija a un destino y a una religión que nada tenían que ver con la suya.

La hija había sido maldecida; si no la entregaba en dos días, esta moriría.

Dios no podía ser tan cruel con ellas; qué más quería ahora. Sacrificaron todas las riquezas y ahora no había escapatoria.

Pasaron los dos días. Y, al amanecer, allí estaban, paradas en la puerta con los brazos pegados al cuerpo; al verlas salir, las cuatro cantaron al compás una pequeña melodía que fueron incapaces de descifrar.

Y la chica, llorando como nunca, se fue con las Yayas. La madre se quedó jurando que la rescataría: «¡Volverás conmigo! ¡No te abandonaré nunca!», le gritaba, pero ya no la oía.

La madre cayó al suelo de rodillas, pidiendo a su Dios que no las abandonara.

Al domingo siguiente, la hija ya procesionaba con ellas vestida de negro, con collares y un pañuelo en la cabeza, negro también, en trance, como las demás.

Ahora la madre no sabría decir si era ese mejor destino que el haber cruzado los mares y vivir como una reina que era, en un palacio, aunque fuera lejano.

★★★

De una forma extraña, el ángel le había sonsacado a Lorenzo, y este, aun siendo muy reservado, se encontró contando su vida como si nada.

Le iba contando que su madre se llamaba Aurora y su padre Lorenzo, como él. Y que ellos vivían en tierras del centro; que tenía una hermanastra que se llamaba Ia-el. Le contó también, que hacía muchísimos años que no los veía. Y una lágrima corrió por la mejilla del ángel cuando contó compungido que siendo, muy niño, al ser tan fuerte y robusto, lo llevaron a palacio para entrenarlo como escudero real. Y que, desde entonces, no volvió a verlos.

La conversación hubo de llegar a su fin cuando una de las chicas doradas empezó a gemir. Y al minuto otra. Así hasta que las diez se pusieron de parto. Esta situación era de lo más anómala; no se habría aprendido a afrontarla con las matronas más expertas.

Pero sí que las chicas mandaron parar el carro, encender un fuego y calentar agua.

Cuando todos despertaron, el sol ya despuntaba alto; la noche había sido larga y las parturientas dormitaban, agotadas por el esfuerzo.

Lorenzo se atrevió a asomar la cabeza por las cortinas del carromato; los bebes también dormían plácidamente.

Lorenzo, al obsérvalos bien, comprobó que eran unos bebes de aspecto normal excepto por su color de piel, que era de un azul turquesa. Y los dedos de sus pies y manos estaban unidos por una membrana gelatinosa.

Al despertarse, todos a la vez, los bebes daban miedo. Aunque su mirada era dulce, sus ojos eran tan grandes y negros que ya no había duda de que esos bebes eran unos pequeños monstruos. Aunque había que reconocer que en los brazos de sus respectivas madres transmitían un encanto embriagador.

En la primera semana de su nacimiento, ya estaban como niños de un año. Si el monje Jessus los hubiera visto, hubiera creído más en Dios que nunca.

★★★

La niña Candela era muy lista; claro, que de casta le viene al galgo. Había visto muchas veces escupir a su padre, o el que ella creía que era su padre, la comida o bebida por si estuviera envenenada. Cosas de reyes que, en ocasiones, así salvaban la vida.

Porque como solo la ahora reina madre sabía, se daba cuenta de que era un calco de Lorenzo. Escudero de palacio y amante de esta.

Y cuando la Yayona les trajo las pócimas para beber, esta las mantuvo en la garganta y, al despiste de la Yayona, giró su cabeza y las expulsó.

Era bien fácil seguir aquel juego de locas. Cuando se dirigían hacia los acantilados, todas en fila de a una, parecían endemoniadas.

Candela empezó a andar para atrás mirando de frente, desandando el camino. Y así, se perdió entre la maleza.

Corrió hasta quedar sin aliento y llegó a la choza, donde su madre se había hecho ya con dos caballos para su rescate. Y de allí salieron huyendo, sin mirar atrás.

Madre e hija ya respiraban lejos de aquel oscuro pueblo que parecía acechar al visitante.

★★★

El ángel se despertó llorando, echaba de menos su casa. Le contó a Lorenzo cómo sobrepasó las normas y acabó siendo un ángel desterrado. Y cómo tenían que acontecer tres mandatos para que pudiera regresar.

Que ahora, libre de las cadenas de los monjes, podría desempeñar y volver al cielo.

A Lorenzo ya nada le sorprendía; después de los hijos de las diez mártires, todo era posible.

El primer mandato estaba ya sobre ruedas: hacerse amigo de un humano. Faltaban los otros dos: salvar a una reina y el último era entregar sus alas a un querubín.

Claro que este último ya tendría que ser camino a los cielos, cuando estos se abrieran para él nuevamente.

★★★

Según iba amaneciendo el día, las alas se volvían más claras, casi transparentes. Y, al caer la noche, se volvían más azules turquesa, como el ocaso en sus últimos ápices diurnos.

Sus madres los mimaban, como seres frágiles que eran; jamás nadie vio nada igual.

La noche los volvía distinguidos; las alas destellaban como estrellas luminosas en el cielo. Y los niños-mariposa relucían en la oscuridad.

Si en una semana de su nacimiento parecían niños de un año, en dos semanas ya parecían de cinco.

Se escondían en cuevas para no ser vistos y cubrían a los niños con túnicas en los caminos transitados.

Lo que nadie observó en ellos todavía, porque al mirarlos eran todo ojos, era que a los niños-mariposa les empezaban a asomar unos colmillos afilados, y su tierna sonrisa se volvía maligna y con aspecto de hambre feroz.

★★★

Fueron capturadas. Los hombres de aspecto extraño, con sus ojos rasgados, olfateaban como sabuesos cualquier rastro humano.

Casarían a la hija y la madre sería sacrificada, por osar burlar las alianzas firmadas por su rey y consentidas por ellos.

El pueblo despertaba afligido, no sabían a qué se enfrentarían ahora.

Y si con el antiguo rey Diosdado ya vivían asfixiados, estos, con esa cara de maldad, los exprimirían hasta dejar que los huesos les salieran de las carnes del hambre que les harían pasar. Todo auguraba a ello.

Pero aquel ángel no cayó del cielo en vano.

Lorenzo llegó a saber cómo había sida capturada la reina madre, y llevadas ambas a palacio nuevamente. No se hablaba de otra cosa por los caminos.

¿Cómo haría él para deshacer aquel entuerto?

Las alianzas viajaban con él y se decía que sin ellas no podrían llevar a cabo los planes urdidos con el rey Diosdado en vida. Y a la princesa Candela no se le permitiría casarse.

Pero a los hombres de aspecto extraño poco les importaba nada de eso.

El pacto se había sellado y se llegaría hasta el fin. Porque así se había cerrado y no quedaba ninguna otra discusión sobre ese tema. Lo dicho, dicho estaba.

★★★

Al despertar, las mártires, el ángel y Lorenzo oían gritos en la lejanía de gente desesperada.

Estaban acampados a las afueras del pueblo de turno; medio dormidos aún. Giraron todos la cabeza a la vez y hacia el mismo lado donde debían estar los niños-mariposa, pero no estaban allí.

Al salir del refugio donde habían pasado la noche, hacia el exterior, se sobresaltaron todos ellos porque los gritos no cesaban. Los niños-mariposa estaban jugando alegremente, sentados en el suelo, formando un corro y tocando las palmas.

Lorenzo se adecentó lo que pudo y les dijo que iba hasta el pueblo, a ver qué era lo que pasaba. Les ordenó que no se movieran de allí hasta que él llegara.

El escenario por las calles era indescriptible; brazos y piernas rasgadas colgaban sin dueño de los balcones de las casas. Encontró cuerpos mutilados que se amontonaban por los rincones.

Los que lograron sobrevivir al ataque y a la sangría lloraban desconsolados sin rumbo fijo. No entendían nada de lo ocurrido, pero demonios sí que rondaban por el lugar, seguro. Ese acto solo podía ser causa del mismísimo Lucifer.

Lorenzo espiaba desde detrás de la iglesia; lo visto en ese momento por sus ojos era una pesadilla. Ni en una batalla campal de la guerra más cruel se podría igualar la escena.

Llevándose la mano al pecho, respiro profundo; echó a andar cabizbajo y dejando el pueblo a sus espaldas.

Llegó pronto al refugio, les habló con voz calmada, dentro de su estado de nervios. Les dijo que debían de irse de allí cuanto antes.

Montados ya todos en el carromato, las mártires, el ángel y Lorenzo y, yendo en la parte de atrás, los niños-mariposa.

Estos se asomaron corriendo las cortinas y viendo cómo dejaban atrás el pueblo. Se miraron unos a otros y, sonriendo maliciosamente, se relamían y afirmaban con la cabeza.

Ahora ya eran unos hombrecitos de unos veinte años.

★★★

Las mártires eran conscientes de que sus extraños hijos crecían muy rápido. Lo que menos se imaginaban era que sus hijos, experimentos de aquellos monjes sin reparo, se convertían día a día en asesinos natos.

Solo el ángel fue capaz de intuir que no era casualidad que, por cada pueblo donde hiciesen noche, había auténticas masacres humanas.

Darse cuenta de que aquellos niños-mariposa eran auténticos carniceros fue su salvación.

Ideó el plan para salvar a la reina madre de ser sacrificada. Los niños-mariposa necesitaban abastecerse para crecer tan deprisa. Y no había mejor menú para ellos que la carne humana.

Se acercaban ya a las inmediaciones de palacio y el ángel ya tenía bien adiestrados a los niños-mariposa para el asalto.

Estaban a sus órdenes para que, al gesto de «¡Adelante!», abrieran sus alas e hicieran de los enemigos desechos humanos.

No fueron muy precisos, porque algún aldeano despistado pasó por donde no debía y ya no lo contó.

Esa misma noche ya se celebraba en el reino la victoria; los intrusos, o lo que quedó de ellos, fueron quemados en una gran hoguera, donde Lorenzo depositó también las alianzas, que se prendieron enseguida. La reina madre no supo cómo agradecer a sus salvadores tan grato desenlace. Lorenzo solo le pidió ser libre, él y todos sus acompañantes.

★★★

Las mártires vieron morir a sus hijos, ya ancianos, arrugados como uvas pasas y desprendidos de sus alas.

Los enterraron sin lápida alguna; eso sí, debajo de unos cerezos en flor. Porque, al fin y al cabo, habían sido sus hijos.

Y ya libres de toda aquella pesadilla. Partieron juntas, también con el corazón partido, a buscar nuevas vidas que vivir.

Olvidando todo aquel sin sentido, del que nunca volverían a hablar.

El ángel pudo ascender a los cielos y entregar sus alas a los querubines, pudiendo así entrar en el paraíso celestial, dejando atrás a un amigo del que nunca se olvidaría.

Lorenzo se despidió de aquella vida de amante y soldado real. Buscando un poco de paz, decidió volver al lado de los suyos.

Sus padres lloraron mucho al verle y al tenerle de nuevo entre sus brazos. Ya no reconocían a aquel hombretón en el que se había convertido.

Ia-el le presentó a sus sobrinos.

Celebraron el encuentro todos en casa de Yel y su esposa.

Acudieron también Lorenzo padre y Aurora, dejando ver unos ancianos gentiles, a los que los años y la vida habían aleccionado con instinto de supervivencia y gratitud hacia ella, pero guardando siempre en el espíritu un matiz de melancolía por los malos recuerdos vividos.

Aquella tarde soplaba una cálida brisa de verano con una luz viva en el cielo. Las campanas de la Iglesia Catedral sonaban alegremente.

Yel se asomó a la ventana al ver a su esposa tan feliz con el encuentro familiar y, al paso de una bandada de pájaros, sonrió.

Y quiso volar como ellos, por encima de la Iglesia Catedral, tan bella y con tantos misterios escondidos en aquellos muros indescifrables.

4

Por la puerta secreta se escapan los sueños

En los prados brotaban ya las azucenas y alelís. Los gatos paseaban por ellos con sus andares felinos, transmitiendo paz.

La ciudad se distinguía a lo lejos y, entre todas las casas y palacetes, asomaba la Iglesia Catedral con sus enormes campanas sonando al compás.

Era día sagrado, y llamaban con su música a los aldeanos a las misas de domingo.

La procesión del Corpus Christi daría comienzo en cuanto el cortejo se colocara con la Virgen de avanzadilla y los niños, recién comulgados, detrás. Todo iba en armonía; las gentes sonreían y los niños disfrutaban tirándole los pétalos de rosa al paso.

El recorrido procesional era corto: una vuelta a la Iglesia Catedral y todos volverían a sus hogares, a rematar el festejo.

Mientras esperaban a que la procesión, diera la vuelta, el gentío se agolpaba al otro lado del recorrido para verlos llegar.

Los primeros murmullos empezaban a resonar en la plaza. Los familiares, inquietos al ver que pasaba el tiempo y los niños y la comitiva no aparecían por la otra esquina, empezaban a sospechar que algo no iba bien.

Los gritos y los temblores en las piernas de los allí presentes, incrédulos ante la circunstancia, no tenían fin.

Todos daban vueltas y vueltas al recorrido, por el perímetro del templo de un lado a otro y viceversa, pero no había caso. Los niños, la comitiva, el paso con la Virgen; nada. Todo se había esfumado, desaparecido sin dejar rastro.

Llegó la noche y seguían sin respuestas, llevándose todos las manos a la cabeza, cansados de tanto buscar. Sin hallar rastros de ningún tipo, solo los pétalos de rosas que se habían esparcido por toda la plaza y las calles.

Decidieron volver a sus casas. Se volvieron medio locos llorando y rogando a Dios que aquello no hubiera pasado.

★★★

Era un niño especial, todo lo hacía bien.

¿Que había que cuidar los árboles frutales? Los de su casa eran los mejores, con piezas de frutas, todas ellas, de concurso.

¿Que había que hacer una cerca para que el ganado no se saliese de sus tierras? Era la cerca más matemáticamente bien puesta de todos los alrededores. Y apuntaba formas de príncipe: alto, moreno, ojos azules. Un porte de parecer no dar palo al agua en todo el día.

Pero nada que ver; desde que asomaba el sol, hasta que este se ponía, el chico llamado Delirio no paraba apenas para comer.

Estaba con las ovejas, la mañana estaba tranquila y todo acontecía como siempre.

Hasta que estas empezaron a balar, todas al compás, entonando como una melodía. Delirio no parecía asustado, sino más bien extrañado de lo que sus ovejas, le estaban demostrando que sabían hacer.

Porque todas parecían contentas y él hasta sonrió.

Pero ya cuando se pusieron de pie y a dos patas, Delirio dio un paso hacia atrás y, al verlas caminando como humanos y cantando angelicalmente, este salió despavorido hacia dentro de la casa.

Esta vez, el Joven Perfecto se asustó de verdad; sus sueños cada vez parecían más reales, y su corazón se debilitaba con tanto desasosiego.

Las ovejas le estuvieron persiguiendo durante semanas. Un día cantaban, otro día se sentaban a comer a la mesa y hubo un día que hasta soñó que sus ovejas volaban como pájaros.

★★★

Las gentes amanecieron compungidas; desde hacía años se habían resuelto las desapariciones de niños, y ahora otra vez con gentes desaparecidas.

Aunque esta vez también había adultos. Y si había alguien de quien realmente no podían sospechar, era del nuevo obispo.

Este era querido por todos y respetado por su buen hacer. Ahora había desaparecido también.

Algunos lugareños se sentían desprotegidos sin el confesor espiritual, y abandonaron todo, huyendo a casa de familiares lejanas de aquella ciudad. El miedo les sobrecogía de forma extrema y no podían soportarlo.

Pero no sabían que de allí no podía salir ya nadie.

El primer carromato que lo intentó fue envuelto en un remolino de pétalos de rosa y desapareció también.

Hasta el cuarto, que fue visto por un pastor. Y contó lo vivido en el campo, que vio cómo desaparecía el carromato, engullido por los pétalos de rosa, con la gente y todo lo que había en él. El corro de oyentes se hacía cada vez más concurrido en la plaza de la Iglesia Catedral.

Contó cómo, al acercarse, la silueta del carruaje estaba marcada por una fila de rosas plantadas en el suelo, como un dibujo, con un perfume embriagador.

Los vecinos, más atemorizados que nunca, acordaron al unísono no salir de la aldea bajo ningún concepto.

★★★

Las voces se oían a lo lejos, el aire era fuerte y bochornoso.

El mozo hacía las tareas del campo y no le daba mucha importancia a los susurros. Hasta que las bocas se posaron como mariposas encima de los campos de trigo.

Todas parloteaban sin cesar; una se acercó, osada, y se apoyó en la hoz del Joven Perfecto. Este, sobresaltado pero sin miedo, le dijo: «¿Qué quieres? ¡Marchaos de aquí!».

La boca humana se abrió todo lo que pudo y no se veía nada más que un pozo oscuro, con un fondo interminable, donde, sin quererlo, Delirio se lanzó, como si de un chapuzón en el estanque se tratara. Y después de un corto viaje, aterrizó en un desierto oscuro lleno de estrellas, porque la noche se adueñaba del lugar.

Los planetas se veían tan cerca que casi podían tocarse con la mano si te estirabas un poco.

El Joven Perfecto no daba crédito a tanta hermosura. Pero recordó que tenía que terminar de cortar los pastos esa misma tarde, así que despertó de su siesta tumbado en el suelo, dándole el sol de cara, con dolor de cabeza, y sobrecogido por el sueño vivido.

★★★

Nadie se percató, pero una nueva talla de piedra apareció en los muros de la Iglesia Catedral. Simulaba, sin lugar a duda, la comitiva que desapareció el día del Corpus.

Los días pasaban y, aunque la ciudad estaba abastecida de alimentos, se sentía desasosiego en las esquinas y por cada rincón de cada casa por miedo a ser engullidos por el remolino de pétalos de rosa.

Yel amaneció cabizbajo; ya pintaba canas.Y las desapariciones le pasaban factura a su espíritu indagador.

Salió a dar un paseo por el jardín. Observó las rosas; estas parecían darle la bienvenida con su aroma.Y hasta parecían seguirle con la mirada.

Su esposa le miraba cariñosamente desde la ventana; jamás se le ocurriría interrumpirle. Sabía que sus pensamientos tenían que llegar a un fin, y ella no arruinaría ese momento.

Una brisa fresca se levantó repentinamente cuando, en un abrir y cerrar de ojos, se formó un remolino de pétalos de rosa, engullendo al antiguo inspector de la ciudad, dejando en el lugar su gorro de paja de labriego.

Su esposa, al ver la escena, dio un grito y se desvaneció.

★★★

Cuántas veces se lo había dicho padre: había que trabajar duro para conservar sus bienes y tener el cofre lleno de monedas.

Pero el Joven Perfecto empezaba a pensar que tanto sacrificio le pasaba factura, y temía seriamente por su salud.

Debía pensar ya en casarse para que las tareas fueran compartidas.

No quería demorar mucho en su nuevo propósito, así que se puso enseguida manos a la obra.

Cualquier padre le daría la mano de su hija a un joven tan prometedor.

Y así fue. En un mes ya tenía esposa. Y en menos de seis, esta ya estaba encinta.

Los sueños de Delirio no cesaban; aun viviendo en compañía y repartiendo las tareas, su imaginación seguía en constante movimiento en las horas de sueño.

★★★

La desaparición de Yel ya corría por boca de todos los vecinos; estos, muy asustados, se encerraron en sus casas y apenas asomaban la cabeza, ni siquiera para ver si alguien osaba andar por la ciudad.

Pero la hija de Yel, Lorenzo padre y Lorenzo hijo, se acercaron enseguida a la casa para saber cómo pasó y consolar a la esposa.

Eulalia no tenía miedo y, por la memoria de su madre Elsa, estaba dispuesta a ponerse en marcha cuanto antes y descubrir qué eran esos extraños remolinos que engullían gente. Le pidió a la esposa de Yel que le dijera exactamente dónde desapareció Yel. Esta le señaló con el dedo el lugar al ser incapaz de articular palabra; todavía reposaba el sombrero de paja. Después del disgusto, quedó muda de la impresión por un largo tiempo.

Ia-el se acercó al sombrero; al irlo a recoger del suelo, vio algo brillar. Al cogerlo con la mano y acercárselo a la vista, lo soltó de inmediato. Era un ojo de su padre.

A los dos días de aquello, una nueva talla en el primer arco de la Iglesia Catedral apareció esculpida. Era un señor, ya anciano, claramente sin un ojo.

★★★

Delirio corría de un lado a otro de la casa. No podía salir de allí y dejar a la esposa sola, sangrando y gritando: «¡Sácamelo! ¡Sácamelo!».

Y él no hizo nada.

Creyendo que era un sueño, dejó morir al hijo y a la esposa. Nada tan increíble como un parto.

Después de llorarles varios días, les dio sepultura. Cogió un zurrón con comida, el cofre de las monedas y se fue de allí.

Al dormir a la intemperie y lejos de la casa, estaba seguro de que ya no tendría sueños, pero no fue así.

La niebla cubrió el bosque y, como espectros, empezó a ver carromatos, una comitiva en procesión, un hombre anciano sin ojo.

Todos daban vueltas alrededor de los árboles e iban desintegrándose hasta desaparecer entre las tinieblas.

De pronto se hizo una luz, como un relámpago, que dejó ver un montón de rosas vestidas como señoras. Al segundo, la luz se apagó.

Y ya no recordó más al despertar.

★★★

Ia-el guardó el ojo en una cajita y decidió llevarlo a todas partes consigo. El gorro de paja lo guardó dentro de la casa.

Lorenzo la ayudó. Empezaron a escarbar la tierra, en el mismo lugar donde desapareció Yel.

No hizo falta cavar mucho cuando dieron con un ataúd, que no dudaron en abrir.

Pero no estaba Yel. Eran los huesos de una mujer, con los huesecillos de un bebé en el vientre.

Al acercar más el farol, Lorenzo y ella, dieron un paso atrás al ver una rosa fresca en las manos entrelazadas de la chica.

★★★

Ya no sabía si estaba en un sueño, o eran realidad sus días.

Sentado en un banco de la Iglesia Catedral, quería rogarle a un Dios que ya no sabía si existía, que lo llevara con él, creyéndose loco.

Vio acercarse a dos novicios; estos accedieron a una puerta por detrás de un ábside, y decidió seguirles. Al pasar por el soportal, los novicios ya no estaban.

Asomaban unas interminables escaleras de caracol, en piedra. Estrechas y empinadas que, sin duda, parecían llegar a lo más alto del templo.

Decidió sin premura arrojarse por el campanario. Pero los novicios le vieron subir. Le siguieron escaleras arriba; intuyeron su decisión y le frenaron en seco. Con palabras dulces, le explicaron que había otros caminos de acercarse a Dios.

De forma cercana, que sobrecogía el espíritu atormentado de Delirio, le iban contando cómo, rezando y rogando a Dios, las penas se sobrellevaban mejor. Rodearon con sus brazos los hombros al chico y, empujándole suavemente, le dirigieron hacia la escalera.

Le iban convenciendo de que había una vida nueva esperando para él al lado de Dios, si decidía ingresar en la orden sacerdotal a la que ellos pertenecían. Su vida recobró sentido, ayudado también por Nuestro Señor Jesucristo.

★★★

En la ciudad, las cosas pintaban mal.

Las gentes ya empezaban a padecer angustias y ansiedades por cada día pasado. Se escondían como ratas para no ser engullidos por los remolinos de pétalos de rosas.

Es más, era tal el rechazo a las rosas que todos los rosales de la ciudad fueron arrancados y quemados. Con rabia y miedo por igual.

Ia-el ordenó transportar el ataúd de la chica, con los huesecillos del bebé y la rosa fresca, a lugar seguro para un estudio de lo allí presente.

Al destaparlo nuevamente para examinar los esqueletos, los pétalos de rosa se desprendieron del tallo, para girar entre sí formando un remolino.

Cayeron todos después al suelo y se marchitaron de forma inmediata.

La mujer de Yel entró de forma brusca donde estaban reunidos, con los ojos como platos, haciendo aspavientos y señales para que la siguieran. Soltaba por su boca una especie de mugidos de los que nadie alcanzaba a entender nada.

Salieron tras ella hacia la Iglesia Catedral, donde se agolpaba la gente, sorprendida y asustada, mirando hacia todos los lados del templo, por si aparecían los remolinos de pétalos de rosa.

Pero, al tiempo, señalaban hacia las nuevas tallas, murmurando entre sí cómo eran las imágenes de todo lo que hasta ese día había sido engullido.

Ia-el palideció al ver al hombre que parecía su padre: un anciano al que le faltaba un ojo, con una cuenca muy pronunciada, pidiendo a gritos ser tapada.

★★★

La orden sacerdotal requería de mucho esfuerzo. Los libros sagrados, destinados a enseñar, regir y santificar a la persona de Cristo, requerían de mucho estudio. Pero el Joven Perfecto estaba cualificado de sobra para tales menesteres.

A los novicios, el Joven Perfecto les parecía un hombre físicamente fascinante. Cuando pasaban cerca de él, unas risitas de colegiala se pronunciaban en sus rostros: «¿Otra noche sin dormir?». Le preguntaban amablemente, y este apenas respondía.

En los patios exteriores del monasterio había encontrado la herramienta.

Si había algo que realmente describía a Delirio, era lo hacendoso que llegaba a ser en cualquiera de sus propósitos.

Encontró restos de piedras preparadas para ser talladas y empezó a tallar aquellos sueños que, no queriendo recordar, recordaba sin cesar.

Estaba enfrascado en su faena diaria, a la que no abandonaba ni en los peores días intempestivos.

También dedicaba parte de su tiempo al cuidado del jardín del claustro, en el que los rosales rebosaban de magníficos colores; rosales que Delirio abonaba con esmero e ímpetu, al ser el lugar soñado por él para el eterno descanso. Un día, la reina, tuvo que parar a hacer noche en el monasterio. La noche caía temprana y no dio tiempo de llegar a palacio. No gustándole a su majestad andar por los caminos en la oscuridad.

Por la mañana, después del desayuno copioso que los monjes prepararon para la reina y su séquito, el abad le rogó que, aunque fuera de forma rápida, recorriera el monasterio y viera lo fructífero de este.

Le mostró primero dónde fabricaban su esmerada cerveza de abadía, que tanto éxito demandaba. Subieron al claustro y a los jardines, quedando esta prendada del jardín de rosas de todos los colores y de ese perfume que desprendían.

Y, cómo no, de la belleza del monje que las cultivaba.

A la reina se le antojó uno igual en palacio. Susurrando algo al oído del abad, no quedó más remedio que obedecer sus deseos.

Se llevó con ella al artífice de aquel espectáculo floral.

Cuando partió, los corazones de los novicios, tan enamorados de Delirio, se marchitaron como las rosas del jardín.

★★★

Una Iglesia Catedral puede esconder los más inhóspitos secretos. Puertas, pasadizos, misterios de santos.

Cada piedra puesta es tan peculiar, tan digna de estudio. Es una caja sorpresa en dimensiones majestuosas.

No había día que Ia-el no fuera por allí; casi nada podía recordar ya de sus primeros años de vida entre aquellos muros, sobrios, pero acogedores al mismo tiempo.

Solo mirar a la Virgen era lo que le traía un vago recuerdo. La de veces que jugó con aquella estatua, que siempre le parecía que le hablaba.

Paseaba con calma por los pasillos, observando las tallas al detalle. Metió la mano en el bolsillo y acarició con los dedos la cajita donde guardaba el ojo de Yel; la sacó para llevarla hacia su pecho y llorar por los recuerdos.

Miró hacia arriba, donde estaba la talla de Yel, con los ojos llenos de lágrimas.

Volvió a acariciar la cajita, sacándola del bolsillo y apoyándola nuevamente sobre su pecho. La miró y la abrió con recelo.

Miró el ojo, después la talla y otra vez el ojo.

Se ató unas poleas que tenían preparadas los monjes para el encendido de las lámparas de velas a la cintura y se elevó, tirando de unas y atada a las otras.

Con el ojo en la mano, su intuición no le fallaba.

Tuvo que hacer un gran esfuerzo y estirarse hasta casi el punto de perder el equilibrio y caer. Pero su propósito llegó a su fin.

Como si le quemara en la mano, al acercarlo a la concavidad del que era su dueño en piedra, logró encajarlo en la cuenca del ojo vacío y, al segundo, se oyó un chirriar en los muros de la parte de abajo, abriéndose una puerta casi invisible ante la mirada de la chica.

Ia-el bajó de las poleas todo lo rápido que pudo. Se dirigió hacia la portezuela y se adentró en el pasadizo.

Provista de unas velas que le pidió prestadas a su Virgen y a la que a la vez le pidió: «Virgencita, protégeme y cuida de mí, como siempre lo has hecho por mi mamá cuando vivía aquí contigo».

★★★

El esqueleto de bebé «despertó» y, como alma errante, divagó por el viento. Jugó con las flores, descubriendo que su juego favorito era dar vueltas y vueltas sobre sí mismo. Como un imán, atraía los pétalos de rosa, formando remolinos a la altura de árboles con una fuerza centrífuga de atracción de un espíritu libre y sin recelos, que no dudaba en poner en práctica y en engullir todo lo que al bebé sin rostro se le antojaba.

★★★

Poco le importaba a Delirio estar aquí o allá, el jardín de encargo de la reina, pronto brotaría.

Pero el Joven Perfecto sabía muy bien lo que deseaba.

Esculpir en piedra se había vuelto su mayor distracción hasta el momento. La reina logró sacarle aquellas palabras que ni el propio Delirio dio crédito de haberlas dicho, así sin más.

Pero en un lecho donde se comparte almohada, todo es posible.

Al día siguiente, por orden del maestro de obras, Delirio tenía encomendado para sus ratos libres todo un frontal de la nueva Catedral, para tallar sus «sueños».

★★★

Se oía correr agua y un aleteo constante, y, a la par, unas campanas tocaban incesantes.

Después de un largo trecho recorrido por el túnel, unas maderas pegadas a la pared, en forma de escalera, la invitaban a subir por lo que parecía ser un tubo de una chimenea que la llevarían a la luz del día.

¡¡Nadie había muerto!! Todos estaban allí. Los desaparecidos habían aparecido. Solo que, al mirarlos a los ojos, estos tenían las cuencas vacías y no podían verla.

Con la rapidez que pudo, se tapó los ojos con un pañuelo, en forma de vendaje, dejando una ranura para poder ver.

La ciudad de piedra que cubría las casas con una hiedra verde como cascadas cayendo de los tejados, se postraba a sus pies. Y un entresijo de misterios se encubrían bajo el empedrado de sus calles. Esta vez, Ia-el sobreviviría a duras penas.

Pero lo que había ido a buscar lo encontró. Aunque estaba cerca de él, Yel no la veía. Se acerco aún más a su oído y le susurro: «Hola papá, he venido a buscarte. Soy yo, Ia-el, soy Eulalia, papá. Y voy a llevarte a casa».

★★★

Quería ser rey; estaba preparado para ello. Además, ¡lo había soñado! Y, como buen rey, necesitaría de sus descendientes para tener un séquito, con su gente de confianza.

Y, tal cual, también soñó que su hijo muerto, en el vientre de su madre, resucitó en su sueño. Y, al despertar de él, el bebé esqueleto despertó también.

Su padre, al verlo, lloró desconsoladamente; aunque solo era un pequeño esqueleto andante, sin voz, sin rostro, pero con sentimientos. Al estar al lado de su padre, sus pequeños huesecillos se acurrucaron en los brazos de este, pidiendo ternura.

Parecía ir todo bien; aunque al final a Delirio siempre se le torcían los planes.

Su edad no acompañaba a su cuerpo, arrastraba los pies y, aun pareciendo joven, su gestos eran los de un anciano ya. Seguía sin lograr dormir, y la salud le pasaba factura.

Había encontrado un pueblo abandonado; se establecería allí, llevando consigo a todas las gentes de sus sueños.

Ellos tendrían que darle una respuesta a tantas preguntas.

Creyendo tener todo controlado en sus pensamientos, al final, como siempre, se le complicarían los planes.

Las personas que logró secuestrar vivían allí con engaños. Terminaron convertidos en esclavos de un reino soñado, gobernados por un rey atormentado y sin rumbo. Haciéndoles creer a todos ellos que eran los elegidos para la prosperidad de un mundo mejor.

Una noche, cuando todos dormían, las tinieblas se apoderaron del lugar. Unas tinieblas oscuras y espesas que desaparecieron al amanecer, dejando en el lugar unos pajarracos negros con picos afilados, esperando en los tejados de las casas.

Saliendo a trabajar de madrugada los súbditos, los pajarracos levantaron el vuelo y les atacaron picándoles los ojos, dejando sus cuencas sangrantes y vacías.

El Joven Perfecto, rey Delirio, también había soñado aquella noche oscura.

★★★

La esposa de Yel descansaba al calor de la chimenea; desde el día de la desaparición de su esposo no había vuelto a dormir en el lecho conyugal. Recordaba los años mozos, cuando ella y Yel se conocieron.

Cómo, al principio de sus días de noviazgo, tuvieron que compartir casa con los suegros de esta. Una casa hermosa y grande, con tierras de gran productividad.

Pero Yel, sin descendencia, no podía ocuparse de tantos terrenos y tuvo que arrendarlas a gente del pueblo.

Esa noche se mostraba inquieta, como gata en celo. No paraba un minuto sentada.

Decidió que la chimenea necesitaba aseo y se dispuso a recoger toda la ceniza; después volvería a encender el fuego, pues la noche estaba fresca. Mientras barría los rescoldos, pensó que la chimenea necesitaba una reparación no tardía, pues las baldosas, empezaban a desprenderse. Observó una que llamó su atención; parecía tener un brillo especial y se preguntaba cómo no se había fijado antes.

Al intentar desprenderla de la pared, porque se veía muy floja, le dio unos golpecillos con los nudillos de la mano. Y la baldosa, como si llevara un engranaje automático, resbalando hacia un lado, dejó ver en un hueco de su interior una cajita dorada. Que, para sorpresa de la señora, al levantar la tapa sonaba una música y una muñequita bailaba en el interior, donde también estaba guardada una carta.

Muerta de miedo, la cogió y, acercándola a su pecho, solo rogó a Dios que aquel hallazgo le devolviese a su marido a casa.

★★★

La Catedral parecía «desnuda»; quería guardar sus secretos, pero por H o por B, todos sus rincones eran saqueados visualmente por los invitados.

La Virgen también sentía pudor, ya no quería ser observada. Ella estaba allí para aliento de las almas perturbadas. Pero con tanta exposición, se dañaba su concentración para hacer el bien. Y a ratos, a su pesar, por más que le rezaran, no podía ayudar, porque se le distorsionaban las conexiones mentales. Ella hubiese preferido estar guardada de vez en cuando; y descansar.

Pero aquella mañana no pudo hacer caso omiso; la chica encinta rogaba a su señora que aquel bebé no podía nacer.

La Virgen la escuchó con atención, aunque después, cuando quiso ayudarla, no fue por falta de bondad, pero el día se le complicó.

Aquella mañana se oficiaron dos bodas y un bautizo. La Virgen estaba agotada; todos, al pasar, le pedían y rogaban por sus almas y espíritus y los de sus familiares.

Cuando quiso acceder a los ruegos de la chica, ya nada pudo hacer. El día terminó, y con este, los ruegos espirituales también; la Virgen cayó en un profundo sueño, y se olvidó de la chica.

★★★

La carta:

Mi vida será corta, pero él nacerá. Será rey en el país de los sueños. Sueños mágicos, extraños y hasta un poco macabros.
Será buena persona, porque es mi hijo, y yo lo fui. Pero su suerte no será tal y, queriendo hacer el bien, todo saldrá mal y enloquecerá.

Has de encontrar la «Puerta Secreta», y has de llevarle allí para que todo terminé.

Mi hijo se hará llamar Delirio y será un joven perfecto. No porque sí; lo será porque pertenece a la realeza. A una raleza de magos; de aquí, de allá y de la de más allá.

Búsquelo y hágale pasar por la «Puerta Secreta» y todo terminará.

Yo viví en este lugar con mi esposo y fuimos felices hasta el día que se concibió Delirio.

Ayúdelo y ayudará a los demás.

Todo acontecerá así porque lo he soñado.

El día se hará noche, y los sueños no darán sus frutos; será el momento del eclipse cuando él dormirá y ningún sueño aparecerá.

La esposa de Yel se durmió con la carta en las manos y las lágrimas resbalando por sus mejillas.

★★★

La chica se fue a casa tranquila, segura de que su Virgen del alma la iba a ayudar.

Pero nada más lejos de la realidad; al pasar los meses, su vientre era ya una protuberancia. Al darse cuenta del fallido intento de ruego, trató de quitarse la vida; pero el río estaba seco y no se atrevió a tirarse. No tuvo más remedio que irse para casa y preparar la llegada de aquel pequeño ser, al que sin duda abandonaría al instante de nacer.

El recuerdo del día que fue martirizada le producía nauseas profundas y un desprecio enorme de su cuerpo y de su ser.

Llevó ese recuerdo día a día con ella sin remedio. Palideció y se volvió una pordiosera.

Tuvo la mala suerte de pasar aquel día por allí.

Tres reyes se reunieron en un sitio secreto, en sus fascinantes tiendas de campaña, en campo abierto.

Acabando las negociaciones, ya les tenían preparada la diversión, y la pobre chica fue el juguete de aquellos tres «Reyes Magos», que, cuando se cansaron, la tiraron a la cuneta; ajada y maltrecha, le dejaron de regalo por sus servicios una cajita de música dorada.

★★★

Todos parecían felices. Aunque estaban ciegos, no demostraban tener ninguna dificultad para desempeñar sus tareas ordinarias. Ni para las funciones del campo.

Ia-el seguía a su padre allá donde fuese, sin levantar sospechas.

Intentaba hacer todo lo que él hiciese, como si de su sombra se tratara.

Pero Delirio la vio en sus sueños.

Soñó que estaba allí y quería destruir su reino. Y no tardó ni un día en encontrarla y mandar ser llevada a la presencia de aquel rey sin reino.

Él sí tenía ojos; Ia-el, al verle, quedó impactada. Un bello hombre, con unas ojeras de caballo, se presentó ante ella cual monarca engreído, tirando de la cola de su capa y con un esqueleto de bebé sentado en su hombro a modo de amuleto.

Inspiraba cierta compasión por alguna razón que Ia-el no logró descifrar.

Con una mano firme y digna de un rey, dicto inmediata sentencia. La tortura fue tal que Ia-el lloró como nunca.

Por la mañana la dejaron a la intemperie, desnuda, para que los pajarracos hicieran de ella lo que quisieran; sobre todo, comerle los ojos.

Nadie podía osar mirar al rey, y menos de esa forma tan descarada: «¡Que aprenda la lección y se una a los demás cuanto antes!», dictó.

Era mujer, no vendría mal una más; había que poblar el nuevo reino.

De lo que Delirio estaba seguro era de que la vista de las maravillas de la naturaleza, que un día Dios puso en la tierra, solo causaba la infelicidad de la gente. La ceguera era lo mejor que les podía pasar.

Ia-el era fuerte y no se durmió; logró esconderse de los pajarracos. Se arrastró hacia el bosque y allí esperó escondida hasta curar las heridas.

★★★

La esposa de Yel no era avispada; salvo por los chismes, todo lo demás era ajeno a su persona.

Por miedo y cautela, la que bien le enseñó Yel, no se atrevía a enseñarle a nadie el contenido de la carta, ni la misma en sí.

Ella sola tendría que arreglárselas. Pero ¿por dónde empezar? ¿Qué maldita puerta secreta sería aquella?

Lo había visto muchas veces, el comienzo era ese: cogió su hatillo con lo indispensable y se echó al monte.

★★★

Delirio seguía teniendo el aspecto de un chico de treinta años, pero ya arrastraba más de cien. Su ansiedad por crear un mundo de ensueño no le dejaba percatarse de ello.

Delirio y sus delirios de grandeza no cesaban; sus sueños eran cada vez más poderosos; podía entrar y salir de ellos a su antojo.

En su último sueño aprendió de la grandeza y majestuosidad del mundo felino; se volvió sigiloso y aprendió a estar al acecho.

Los gatos gigantes se hicieron sus amigos en aquel sueño nocturno, donde también descubrió que, con un poco de empeño, se puede ver en la oscuridad, como bien sabían sus súbditos.

También soñó con aquella puerta por la que quería pasar y nunca podía.

★★★

«¡Detente!», le gritaron dos hombres a caballo; escuderos de palacio, dedujo por sus ropas aterciopeladas. «¿Quién es usted y qué lleva en esa bolsa?».

«Buenos días, señores; soy lavandera. Mi señora me envía a lavar a lo alto del río. A ella le gusta que lo haga en aguas limpias, que no hayan corrido aún por la ciudad».

Esta vez salió airosa del encontronazo y se dijo a sí misma tener más cuidado; lo último que querría ella sería que encontrasen la carta unos bandidos, o quien fuera, y se echara todo a perder.

En algún lugar de su ser, intuía que aquella encomendación era para ella.

Cualquier otro intento podía ser fallido, y ese tal Delirio tenía que pasar por a Puerta Secreta, le costase lo que le costase.

Ahora su vida tenía un gran sentido: salvaría a su marido, a su hija y a toda aquella ciudad asustada de ser engullida y abandonada a su suerte.

Todo era desidia; el miedo a desaparecer no dejaba apenas a los habitantes salir de sus casas, y ya empezaban a morir de hambre.

Ya ni siquiera sonaban las campanas del templo; la ciudad se moría y, con ella, sus gentes.

★★★

Las brasas de la hoguera nocturna le dieron la idea; podría volver junto a Yel. Se tiznaría los ojos y así engañaría a los pajarracos.

Ilusa Ia-el, porque a los pajarracos sí, pero Delirio no tenía más que cerrar los ojos y ver a efecto lo que ocurría o no ocurriría a su alrededor.

¿Cómo su imagen podía mostrarse tan bella, tan perfecta, y esconder esa locura en su mente?

¿Cómo un chico tan prometedor podía haberse convertido en sádico y opresor?

¿Qué sabía él? Sus sueños lo enloquecieron, y nada se pudo hacer.

Su hijo esqueleto era su único amigo, y el único al que confiaba sus inseguridades.

El bebé esqueleto cuidaba de los jardines de rosas casi igual, y hasta mejor, que el propio Delirio.

Hablaba con las rosas, guardándoles un respeto que ni a los mismísimos súbditos. Las rosas se sentían tan agradecidas que se convirtieron en el mejor ejército del reino imaginario.

Eran las más hermosas y las más temidas; sus espinas se clavaban en los desobedientes como clavos, tardando semanas en soltarse. El dolor era una tortura, no osando nadie así a demostrarse insumiso.

Delirio despertó empapado en sudor; sus nuevos sueños no auguraban nada bueno.

Eso era imposible; él no podía caer. Ese jaque mate sobre su persona era irreal. Fue un sueño que se equivocó de dueño.

Ia-el ya estaba cerca de la alcoba real; la esposa de Yel no tardaría en asomar por la puerta también, guiada por la carta. Delirio se convirtió en un blanco fácil.

★★★

La esposa de Yel andaba y andaba, sin darse cuenta de que era la carta la que la guiaba.

Todo lo referente a Delirio era mágico y extraño, hasta el punto de haber alejado a una esposa de su hogar, enviándola a una aventura que jamás imaginaron sus pensamientos, la grandeza que pueda esconder el mundo, una belleza en cada rincón de un bosque, dando un sentido indescriptible a una señora que no rondó más que un camino repetitivo en una rutina de años.

Lo que captan unos ojos en su perfección de la vista; todo lo contrario a las creencias del Joven Perfecto, al que la visión no le parecía lo más grande que pueda tener el ser humano.

Privó a toda la gente que secuestró de sus sueños de la belleza de cada amanecer.

La esposa de Yel sentía tal emoción con la belleza de los parajes que iba encontrando por los caminos, y sentía cómo sus presentimientos eran tan prometedores que, acurrucada en aquel faldón, al cobijo de unos arbustos, se echó las manos a la cara y rompió en llanto.

★★★

Su corazón, su mente, su aliento. Todo le pertenecía a él. Tantos años de amor y respeto. Amándolo sin límites, todo el bien que le hizo en su vida.

No podía dejar de intentarlo. Tenía que seguir el camino, debía encontrar a su esposo.

La buena señora no temía a nada en esos momentos. Solo deseaba llegar al final de aquel sinsentido; su amor por Yel le daba las fuerzas para continuar sin desistir ni decaer en el intento.

Y, cuando menos lo esperó, allí estaba esperándola.

No era de gran tamaño, aunque a ella poco le importaba; solo pensaba en cómo llevaría allí al rey sin reino.

Pero la puerta era tan extraña como todo lo que ocurría en su entorno. Estaba en el suelo, postrada, como si al abrirla, las escaleras te invitaran a bajar a los mismísimos infiernos.

Porque, quién lo iba a decir, pese a la hermosura del lugar, la Puerta Secreta causaba temor y repugnancia. Como si todo lo malo pasara por allí para no volver nunca a la vida.

Esa puerta a lo que menos invitaba era a entrar por ella.

Se arrodilló en el suelo y esta vez lloró desconsolada. No le daba el pensamiento para asimilar lo vivido; estaba cansada.

Quería ver a su esposo y veía imposible la misión encomendada. No quería rendirse y, llorando, se quedó dormida en el suelo.

Esa noche soñó con Yel y con su pronto reencuentro.

★★★

Ya no la llamaban la esposa de Yel; después de todo lo ocurrido, ella ya era importante en la ciudad, y todos la llamaban por su nombre: Leisa.

En la ciudad, las campanas de la Iglesia Catedral repicaban sin cesar. Todos habían vuelto sanos y salvos.

La propia reina presidió aquella misa de celebración.

Aun estando ella entristecida, porque la misma mañana de las celebraciones por la gente regresada, sus rosas, de una forma extraña, casi mágica, perecieron sincronizadas. Por hileras se iban mustiando y fulminando, dejando una estela de cenizas rojas que se llevó el viento.

★★★

«¡Mamá!»; las dos mujeres lloraron, enzarzadas en un abrazo.

La madre, se apresuró a decirle que había que llevar a un tal Delirio a una Puerta Secreta para terminar con aquel despropósito.

Todo acontecía acompasado. Mientras Ia-el leía la carta, aun siendo mediodía, el sol parecía esconderse. Y, como bien decía la carta, «el día se hará noche, y los sueños no darán sus frutos;

será el momento del eclipse cuando él dormirá y ningún sueño aparecerá».

Había que apurarse; buscó a Yel. Al mirar al cielo, no se veían los pajarracos acechando en su vuelo y se extrañó.

Observando cómo se volvía gris el día, vio también que los pajarracos dormían, o más bien, parecían desmayados.

Entre los tres, ataron a Delirio por pies y manos y lo llevaron al bosque. Con la carta en mano, Leisa era guiada por los caminos hacia la Puerta Secreta, que rápido encontraron, y no dudaron ni un segundo en abrirla y arrojar por allí a ese cuerpo, humano en forma, inhumano en espíritu.

Rápidamente volvieron a cerrar aquella Puerta Secreta inmunda y la sellaron con piedras y forraje. Aunque esta, al instante de ser cerrada, se borró del suelo, como agua absorbida por la tierra.

Ia-el, al mirar a su padre, vio cómo sus ojos, arrugaditos, pero «vivos», volvían a lucir en sus cuencas, cuando el sol brilló de nuevo, después del eclipse. Las lágrimas de los tres brotaron al unísono.

★★★

Todo con respecto a los sueños de Delirio se desintegró. Todo lo construido por él se desvaneció como desaparece un sueño en mitad de la noche.

Los paisanos acariciaban sus rostros una y otra vez sin poderse creer que volvieran a ver, y sintiendo la brisa en ellos, sintiendo el perfume de las flores, sintiendo el amor al prójimo, a su ciudad. Estaban desprendidos de todo sentimiento profundo, deshumanizados, en una existencia obligada al individualismo y al temor de enfrentarse a un castigo por la rebeldía de una simple opinión.

Ahora se sentían libres; ya el día a día de después del cautiverio solo fue dicha.

El temor a lo temible se puede hacer realidad en un sueño loco de una persona loca. Solo por el hecho de soñar, con la locura como aliada, lo inalcanzable se vuelve cólera y, con la ayuda de una magia destructora, el poder se vuelve codicioso y gira en una rueda despiadada de la que no se puede salir.

El Joven Perfecto, con sus sueños de ensueño, transformó la belleza de la perfección, por el simple hecho de soñar en demasía, en un mundo de tinieblas oscuras, de las que ya nunca podría escapar, ni salir de ellas.

★★★

La esposa de Delirio fue enterrada nuevamente en el cementerio común, donde, extrañamente, cada mañana amanecía una rosa fresca reposando en su epitafio, junto con unas huellitas de esqueleto en forma de piececillo humano rondando por la tumba.

Pasó el tiempo y la ciudad emergía hacia un futuro prometedor, los paisanos se amaban entre ellos, siendo todo bondad y buen hacer.

Ia-el, aquella mañana, fue a visitar la tumba de su madre Elsa y, de vuelta a casa, pasó a ver a sus padres.

Entrando a la estancia destinada a dormitorio, Yel todavía dormía plácidamente, en un sueño del que ya no despertaría…

FIN

Índice